BD

Akechi Kogoro

The Fiend With Twenty Faces

怪人二十面相

Ranpo Edogawa

はしがき

その頃、東京中の町という町、家という家では、二人以上の人が顔を合わせさえすれば、まるでお天気の挨拶《あいさつ》でもするように、怪人「二十面相」の噂《うわさ》をしていました。

「二十面相」というのは、毎日毎日新聞記事を賑《にぎ》わしている、不思議な盗賊の渾名《あだな》です。その賊は二十の全く違った顔を持っているといわれていました。つまり変装が飛切《とびきり》上手なのです。

どんなに明るい場所で、どんなに近寄って眺めても、少しも変装とは分からない、まるで違った人に見えるのだそうです。老人にも若者にも、富豪にも乞食《こじき》にも、学者にも無頼漢《ぶらいかん》にも、イヤ女にさえも、全くその人になり切ってしまうことが出来るといいます。

では、その賊の本当の年は幾《いく》つで、どんな顔をしているのかというと、それは誰一人見たことがありません。二十種もの顔を持っているけれど、その内のどれが本当の顔なのだか、誰も知らない。イヤ賊自身でも、本当の顔を忘れてしまっているのかも知れません。それ程、絶えず違った顔、違った姿で、人の前に現れるのです。

そういう変装の天才みたいな賊だものですから、警察でも困ってしまいました。一体どの顔を目当に捜索したらいいのか、まるで見当がつかないからです。

ただ、せめてもの仕合《しあわ》せは、この盗賊は、宝石だとか、美術品だとか、美しくて珍しくて、非常に高価な品物を盗むばかりで、現金にはあまり興味を持たないようですし、それに、人を傷つけたり殺したりする、残酷な振舞《ふるまい》は、一度もしたことがありません。血が嫌いなのです。

併《しか》し、いくら血が嫌いだからといって、悪いことをする奴《やつ》のことですから、自分の身が危いとなれば、それを逃れる為《ため》には、何をするか分かったものではありません。東京中の人が、「二十面相」の噂ばかりしているというのも、実は怖くて仕方がないからです。

殊《こと》に、日本に幾《いく》つという貴重な品物を持っている富豪などは、震え上って怖がっていました。今までの様子で見ますと、いくら警察へ頼んでも、防ぎようのない、恐しい賊なのですから。

この「二十面相」には、一つの妙な癖《くせ》がありました。何かこれという貴重な品物を狙《ねら》いますと、必ず前以《まえもっ》て、いつ幾日《いくか》にはそれを頂戴《ちょうだい》に参上するという、予告状を送ることです。賊ながらも、不公平な戦いはしたくないと心掛けているのかも知れません。それとも亦《また》、いくら用心しても、チャンと取って見せるぞ、俺の腕前はこんなものだと、誇りたいのかも知れません。いずれにしても、大胆不敵、傍若無人《ぼうじゃくぶじん》の怪盗といわねばなりません。

このお話は、そういう出没自在、神変不可思議の怪賊と、日本一の名探偵明智小五郎《あけちこごろう》との、力と力、智恵《ちえ》と智恵、火花を散らす、一騎討《いっきうち》の大闘争の物語です。

大探偵明智小五郎には、小林芳雄《こばやしよしお》という少年助手があります。この可愛《かわい》らしい小探偵の、栗鼠《りす》のように敏捷《びんしょう》な活動も、なかなかの見ものでありましょう。

さて、前置はこのくらいにして、いよいよ物語に移ることにします。

鉄の罠《わな》

麻布区の、とある屋敷町に、百メートル四方もあるような大邸宅があります。

四メートル位《くらい》もありそうな、高い高いコンクリート塀《べい》が、ズーッと目もはるかに続いています。いかめしい鉄の扉の門を入ると、大きな蘇鉄《そてつ》が、ドッカリと植わっていて、その茂った葉の向こうに、立派な玄関が見えています。

幾間とも知れぬ、広い日本建と、黄色い化粧煉瓦《れんが》をはりつめた、二階建の大きな洋館とが、鍵《かぎ》の手に並んでいて、その裏にに、公園のように、広くて美しいお庭があるのです。

これは、実業界の大立者《おおだてもの》、羽柴壮太郎《はしばそうたろう》氏の邸宅です。

羽柴家には、今、非常な喜びと、非常な恐怖とが、織りまざるようにして、襲いかかっていました。

喜びというのは、今から十年以前家出をした、長男の壮一《そういち》君が、南洋ボルネオ島から、お父さんにお詫《わび》をする為に、日本へ帰って来ることでした。

壮一君は生来《せいらい》の冒険児で、中学校を卒業すると、学友と二人で、南洋の新天地に渡航し、何か壮快な事業を起したいと願ったのですが、父の壮太郎氏は、頑《がん》としてそれを許さなかったので、とうとう無断で家を飛び出し、小さな帆船に便乗して、南洋に渡ったのでした。

それから十年間、壮一君からは全く何の便りもなく、行方さえ分からなかったのですが、つい三箇月程前、突然ボルネオ島のサンダカンから手紙をよこして、やっと一人前の男になったから、お父さまにお詫びに帰りたいといって来たのです。

壮一君は現在では、サンダカン附近に大きなゴム植林を営んでいて、手紙には、そのゴム林の写真と、壮一君の最近の写真とが、同封してありました。もう三十歳です。鼻《び》下《か》に気取った髭《ひげ》を生やして、立派な大人になっていました。

お父さまも、お母さまも、妹の早苗《さなえ》さんも、まだ小学生の弟の壮二《そうじ》君も、大喜びでした。下関《しものせき》で船を降りて、旅客飛行機で帰って来るというので、その日が待遠しくて仕方がありません。

さて、一方羽柴家を襲った、非常な恐怖といいますのは、外ならぬ「二十面相」の恐しい予告状です。予告状の文面は、

「余《よ》が如何《いか》なる人物であるかは、貴下《きか》も新聞紙上にて御承知であろう。

貴下は、嘗《かつ》てロマノフ王家の宝冠を飾りし大金剛石六顆《か》を、貴家の家宝として、珍蔵せられると確聞《かくぶん》する。

余はこの度《たび》、右六顆の金剛石を、貴下より無償にて譲り受ける決心をした。近日中に頂戴に参上するつもりである。

正確な日時は追って御通知する。

随分《ずいぶん》御用心なさるがよろしかろう」

というので、終りに「二十面相」と署名してありました。

そのダイヤモンドというのは、ロシヤの帝政没落ののち、ある白系露人が、旧ロマノフ家の宝冠を手に入れて、飾の宝石だけをとりはずし、それを支那《しな》商人に売り渡したのが、廻り廻って、日本の羽柴氏に買い取られたもので、価《あたい》にして二十万円という、貴重な宝物《ほうもつ》でした。

その六顆の宝石は、現に、壮太郎氏の書斎の金庫の中に納《おさま》っているのですが、怪盗はそのありかまで、チャンと知り抜いているような文面です。

その予告状を受取ると、主人の壮太郎氏はさすがに顔色も変えませんでしたが、夫人を始めお嬢さんも、召使などまでが、震え上ってしまいました。

殊に羽柴家の支配人近藤《こんどう》老人は、主家の一大事とばかりに、騒ぎ立てて、警察へ出頭して、保護を願うやら、新しく猛犬を買い入れるやら、あらゆる手段をめぐらして、賊の襲来に備えました。

羽柴家の門長屋には、お巡《まわり》さんの一家が住んでおりましたが、近藤支配人は、そのお巡さんに頼んで、非番の友達を交代に呼んで貰《もら》い、いつも邸内には、二三人のお巡さんががん張っていてくれるように計らいました。

その上同家には、三人の屈強な書生がおります。お巡さんと、書生と、猛犬と、この厳重な防備の中へ、いくら「二十面相」の怪賊にもせよ、忍び込むなんて、思いもよらぬことでしょう。

それにしても、待たれるのは、長男壮一君の帰宅でした。徒手空拳《としゆくうけん》、南洋の野蛮島へおし渡って、今日の成功を収めた程の快男児ですから、この人さえ帰ってくれたら、家内のものは、どんなに心丈夫だか知れません。

さて、その壮一君が、羽田の飛行場へ着くという日の早朝のことです。

赤々と秋の朝日がさしている、羽柴家の土蔵の中から、一人の少年が姿を現しました。小学生の壮二君です。

まだ朝食の用意も出来ない早朝ですから、邸内はヒッソリと静まり返っていました。早起の雀《すずめ》だけが、威勢《いせい》よく、庭木の枝や、土蔵の屋根で囀《さえず》っています。

その早朝、壮二君がタオルの寝間着姿で、しかも両手には、何か恐しげな、鉄製の器械のようなものを抱いて、土蔵の石段を庭へ降りて来たのです。一体どうしたというのでしょう。驚いたのは雀ばかりではありません。

壮二君は昨夜《ゆうべ》恐しい夢を見ました。「二十面相」の賊が、どこからか洋館の二階の書斎へ忍び入り、宝物を奪い去った夢です。

賊はお父さまの居間にかけてあるお能の面のように、不気味に青ざめた、無表情な顔をしていました。そいつが、宝物を盗むと、いきなり二階の窓を開いて、真暗な庭へ飛び降りたのです。

「ワッ」といって目が覚めると、それは幸にも夢でした。併し何だか夢と同じことが起りそうな気がして仕方がありません。

「二十面相の奴は、キットあの窓から、飛び降りるに違いない。そして、庭を横切って逃げるに違いない」

壮二君は、そんな風に信じ込んでしまいました。

「あの窓の下には花壇がある。花壇が踏みあらされるだろうなあ」

そこまで空想した時、壮二君の頭に、ヒョイと奇妙な考えが浮かびました。

「ウン、そうだ。こいつは名案だ。あの花壇の中へ罠《わな》を仕掛けて置いてやろう。もし僕の思っている通りのことが起るとしたら、賊はあの花壇を横切るに違いない。そこに罠を仕掛けて置けば、賊の奴うまくかかるかも知れないぞ」

壮二君が思いついた罠というのは、去年でしたか、お父さまのお友達で、山林を経営している人が、鉄の罠を作らせたいといって、アメリカ製の見本を持って来たことがあって、それがそのまま土蔵にしまってあるのを、よく覚えていたからです。

壮二君は、その思いつきに夢中になってしまいました。広い庭の中に、一つ位罠を仕掛けて置いたところで、果して賊がそれにかかるかどうか、疑わしい話ですが、そんなことを考える余裕はありません。ただもう無性に罠が仕掛けて見たくなったのです。そこで、いつにない早起をして、ソッと土蔵に忍び込んで、大きな鉄の道具を、エッチラオッチラ持出したというわけなのです。

壮二君は、いつか一度経験した、鼠捕《ねずみとり》を仕掛ける時の、何だかワクワクするような愉快な気持を思い出しました。併し、今度は相手が鼠ではなくて人間なのです。しかも「二十面相」という稀代《きたい》の怪賊なのです。ワクワクする気持は、鼠の場合の十倍も二十倍も大きいものでした。

鉄罠を花壇の真中まで運ぶと、大きな鋸目《のこぎりめ》のついた二つの枠を、力一杯グッと開いて、うまく据えつけた上、罠と見えないように、その辺の枯草を集めて、蔽《おお》い隠しました。

もし賊がこの中へ足を踏み入れたら、鼠捕と同じ工合《ぐあい》に、忽《たちま》ちパチンと両方の鋸目が合わさって、まるで真黒な、でっかい猛獣の歯のように、賊の足くびに食い入ってしまうのです。家の人が罠にかかっては大変ですが、花壇の真中ですから、賊でもなければ、めったにそんな所へ踏み込む者はありません。

「これでよしと。でもうまく行くかしら。万一、賊がこいつに足くびをはさまれて、動けなくなったら、さぞ愉快だろうなあ。どうかうまく行ってくれますように」

壮二君は神様にお祈りするような恰好《かっこう》をして、それから、ニヤニヤ笑いながら、家の中へ入って行きました。

実に子供らしい思いつきでした。併し少年の直覚というものは、決して馬鹿《ばか》に出来ません。壮二君の仕掛けた罠が、のちに至って、どんな重大な役目を果すことになるか、読者諸君は、この罠のことをよく記憶しておいて頂きたいのです。

人か魔か

その午後には、羽柴一家総動員をして、帰朝《きちょう》の壮一君を、羽田飛行場に出迎えました。

旅客飛行機から降り立った壮一君は、予期にたがわず、実に颯爽《さっそう》たる姿でした。焦茶《こげちゃ》色《いろ》の薄外套《うすがいとう》を小脇《こわき》にして、同じ色の二重釦《ダブル・ボタン》の背広を、キチンと着こなし、折目の正しいズボンが、スーッと長く見えて、映画の中の西洋人みたいな感じがしました。同じ焦茶色のソフト帽の下に、帽子の色とあまり違わない、日に焼けた赤銅色《しゃくどういろ》の、でも美しい顔が、ニコニコ笑っていました。濃い一文字の眉《まゆ》、よく光る大きな目、笑う度に見える、よく揃《そろ》った真白な歯、それから、上唇の細く刈り込んだ口髭が、何ともいえぬ懐《なつ》かしさでした。写真とソックリです。イヤ写真より一段と立派でした。

みんなと握手を交すと、壮一君はお父さんお母さんにはさまれて、自動車にのりました。壮二君は姉さんや近藤老人と一緒に、あとの自動車でしたが、車が走る間も、うしろの窓からすいて見える兄さんの姿を、ジッと見つめていますと、何だか嬉《うれ》しさがこみ上げて来るようでした。

帰宅して、一同が壮一君を取りかこんで、何かと話している内に、もう夕方でした。食堂には、お母さまの心づくしの晩餐《ばんさん》が用意されました。

新しい卓《テーブル・》布《クロース》で覆《おお》った、大きな食卓の上には、美しい秋の盛花が飾られ、銘々の席には、銀のナイフやフォークが、キラキラと光っていました。今日はいつもと違って、チャンと正式に折りたたんだナプキンが出ていました。

食事中は、無論壮一君が談話の中心でした。珍しい南洋の話が、次から次と語られました。その間々には、家出以前の少年時代の思出話も、盛んに飛び出しました。

「壮二君、君はその時分、まだあんよが出来るようになったばかりでね、僕の勉強部屋へ侵入して、机の上を引っかき廻したりしたものだよ。いつかはインキ壺《つぼ》をひっくり返して、その手で顔をなすったもんだから、黒ん坊みたいになってね、大騒《おおさわぎ》をしたことがあるよ。ねえ、お母さま」

お母さまは、そんなことがあったかしらと、よく思い出せませんでしたけれど、ただ嬉しさに、目に涙を浮かべて、ニコニコと肯《うなず》いていらっしゃいました。

ところがです、読者諸君、こうした一家の喜びは、ある恐しい出来事の為に、実に突然、まるでバイオリンの糸が切れでもしたように、プッツリと断ち切られてしまいました。

何という心なしの悪魔でしょう。親子兄弟十年ぶりの再会、一生に一度という目出たい席上へ、その仕合せを呪《のろ》うかのように、あいつの不気味な姿が、朦朧《もうろう》と立ち現れたのでありました。

思出話の最中へ、書生が一通の電報を持って入って来ました。いくら話に夢中になっていても、電報とあっては開いて見ないわけには行きません。

壮太郎氏は、少し顔をしかめて、その電報を読みましたが、すると、どうしたことか、にわかにムッツリと黙り込んでしまったのです。

「お父さま、何か御心配なことでも」

壮一君が目早くそれを見つけて訊《たず》ねました。

「ウン、困ったものが飛び込んで来た。お前達に心配させたくないが、こういうものが来るようでは、今夜は余程《よほど》用心しないといけない」

そういって、お見せになった電報には、

「コンヤシヨウ一二ジ、オヤクソクノモノ、ウケトリニユク、二〇」

とありました。二〇というのは、「二十面相」の略語に違いありません。「シヨウ一二ジ」は、正十二時で、午前零時かっきりに、盗み出すぞという、確信に満ちた文意です。

「この二〇というのはもしや、二十面相の賊のことではありませんか」

壮一君がハッとしたように、お父さまを見つめていいました。

「そうだよ。お前よく知っているね」

「下関上陸以来、度々その噂を聞きました。飛行機の中で新聞も読みました。とうとう家を狙ったのですね。併し、あいつは何をほしがっているのです」

「わしはお前がいなくなってから、旧ロシヤ皇帝の宝冠を飾っていたダイヤモンドを、手に入れたのだよ。賊はそれを盗んで見せるというのだ」

そうして、壮太郎氏は、「二十面相」の賊について、又その予告状について、詳しく話して聞かせました。

「併し、今夜はお前がいてくれるので、心丈夫だ。一つお前と二人で、宝石の前で、寝ずの番でもするかな」

「エエ、それがよろしいでしょう。僕は腕力にかけては自信があります。帰宅早々お役に立てば嬉しいと思います」

忽ち邸内に戒厳令が敷かれました。青くなった近藤老支配人の指図で、午後八時というに、もう表門を始め、あらゆる出入口がピッタリと閉められ、内側から錠が卸《おろ》されました。

「今夜だけは、どんなお客様でも、お断りするのだぞ」

老人が召使達に厳命しました。

夜を徹して、三人の非番巡査と三人の書生と自動車運転手とが、手分をして各出入口を固め、或《あるい》は邸内を巡視する手筈《てはず》でした。

羽柴夫人と早苗さんと壮二君とは、早くから寝室に引籠《ひきこも》るようにいいつけられました。大勢の女中達は、女中部屋に集って、脅《おび》えたようにボソボソと囁《ささや》き合っています。

壮太郎氏と壮一君は、洋館の二階の書斎に籠城《ろうじょう》することになりました。書斎のテーブルには、サンドウィッチと葡萄酒《ぶどうしゅ》を用意させて、徹夜の覚悟です。

書斎のドアや窓には皆、外側から開かぬように、鍵や掛金がかけられました。本当に蟻《あり》の這《は》い入る隙間《すきま》もない訳《わけ》です。

「少し用心が大袈裟《おおげさ》すぎたかも知れないね」

さて、書斎に腰をおろすと、壮太郎氏が苦笑しながらいいました。

「イヤ、あいつにかかってはどんな、用心だって、大袈裟すぎることはありますまい。僕はさっきから新聞の綴込《つづりこみ》で、『二十面相』の事件を、すっかり研究して見ましたが、読めば読む程、恐しい奴です」

壮一君は真剣な顔で、さも不安らしく答えました。

「では、お前は、これ程厳重な防備をしても、まだ、賊がやって来るかも知れないというのかね」

「エエ、臆病《おくびょう》のようですけれど、何だかそんな気がするのです」

「だが、一体どこから？　……賊が宝石を手に入れる為《ため》には、まず、高い塀を乗り越えなければならない。それから、大勢の書生なんかの目をかすめて、たとえここまで来たとしても、ドアを打ち破らなくてはならない。そして、わし達二人と戦わなければならない。しかも、それでおしまいじゃないのだ。宝石は、ダイアルの文字の組合せを知らなくては、開くことの出来ない、金庫の中に入っているのだよ。いくら二十面相が魔法使だって、この四重五重の関門を、どうしてくぐり抜けられるものか。ハハハ……」

壮太郎氏は大きな声で笑うのでした。でも、その笑声には、何かしら空虚な、空威張《からいばり》みたいな響《ひびき》が混っていました。

「併し、お父さん、新聞記事で見ますと、あいつは幾度も、全く不可能としか考えられないようなことを、易々《やすやす》となしとげているじゃありませんか。金庫に入れてあるから、大丈夫だと安心していると、その金庫の背中に、ポッカリと大穴があいて、中の品物は何もかも無くなっていたという実例もあります。

それから又、五人もの屈強の男が、見張をしていても、いつの間にか眠薬を飲まされて、肝心の時には、みんなグッスリ寝込んでいたという例もあります。

あいつは、その時と場合によって、どんな手段でも考え出す智恵を持っているのです」

「オイオイ、壮一、お前は何だか、賊を讃美《さんび》してるような口調だね」

壮太郎氏は、あきれたように、我が子の顔を眺めました。

「イイエ、讃美じゃありません。でも、あいつは研究すればする程、恐しい奴です。あいつの武器は腕力ではありません。智恵です。智恵の使い方によっては、殆《ほとん》どこの世に出来ないことはないのですからね」

父と子が、そんな議論をしている間に、夜は徐々に更《ふ》けて行き、少し風立って来たとみえて、サーッと吹き過ぎる黒い風に、窓のガラスがコトコトと音を立てました。

「イヤ、お前があんまり賊を買いかぶっているもんだから、どうやらわしも、少し心配になって来たぞ。一つ宝石を確かめておこう。金庫の裏に穴でもあいていては、大変だからね」

壮太郎氏は笑いながら立上って、部屋の隅の小型金庫に近づき、ダイアルを廻し、扉を開いて、小さな赤銅製の小函《こばこ》を取出しました。そして、さも大事そうに小函を抱えて、元の椅子《いす》に戻ると、それを壮一君との間の丸テーブルの上に置きました。

「僕は始めて拝見する訳ですね」

壮一君が、問題の宝石に好奇心を感じたらしく、目を光らせていいます。

「ウン、お前には始めてだったね。サア、これが、嘗ては露国皇帝の頭に輝いたことのあるダイヤだよ」

小函の蓋《ふた》が開かれますと、目もくらむような虹《にじ》の色がひらめきました。大豆程《だいず》もある、実に見事な金剛石が六顆、黒天鵞絨《ビロード》の台座の上に、輝いていたのです。

壮一君が十分観賞するのを待って、小函の蓋がとじられました。

「この函はここへ置くことにしよう。金庫なんかよりは、お前とわしと、四つの目で睨《にら》んでいる方が確かだからね」

「エエ、その方がいいでしょう」

二人はもう、話すこともなくなって、小函をのせたテーブルを中に、じっと顔を見合わせていました。

時々思い出したように、風が窓のガラス戸を、コトコトいわせて吹き過ぎます。どこか遠くの方から、激しく鳴き立てる犬の声が聞えて来ます。

「幾時《いくじ》だね」

「十一時四十三分です。あと、十七分……」

壮一君が腕時計を見て答えると、それっきり二人は又黙り込んでしまいました。見ると、さすが豪胆な壮太郎氏の顔も、いくらか青ざめて、額にはうっすり汗がにじみ出しています。壮一君も膝《ひざ》の上に握拳《にぎりこぶし》を固めて、歯をくいしばるようにしています。

二人の息づかいや、腕時計の秒を刻む音までが聞える程、部屋の中は静まり返っていました。

「もう何分だね」

「あと十分です」

するとその時、何か小さな白いものが、絨毯《じゅうたん》の上をコトコト走って行くのが、二人の目の隅《すみ》に写りました。オヤッ、二十日鼠かしら。

壮太郎氏は思わずギョッとして、うしろの机の下を覗《のぞ》きました。白いものは、どうやら机の下へ隠れたらしく見えたからです。

「ナアンだ、ピンポンの球じゃないか。だが、こんなものがどうして転がって来たんだろう」

机の下からそれを拾い取って、不思議そうに眺めました。

「おかしいですね。壮二君が、その辺の棚の上に置き忘れておいたのが、何かのはずみで落ちたのじゃありませんか」

「そうかも知れない。……だが、時間は？」

壮太郎氏の時間を訊ねる回数が、だんだん頻繁《ひんぱん》になって来るのです。

「あと四分です」

二人は目と目を見合わせました。秒を刻む音が怖いようでした。

三分、二分、一分、ジリジリとその時が迫って来ます。二十面相はもう塀を乗り越えたかも知れません。今頃は廊下を歩いているかも知れません。……イヤ、もうドアの外へ来て、じっと耳を澄ましているのかも知れません。

アア、今にも、今にも、恐しい音を立ててドアが破壊されるのではないでしょうか。

「お父さん、どうかなすったのですか」

「イヤ、イヤ、何でもない。わしは二十面相なんかに負けやしない」

そうはいうものの、壮太郎氏はもう真青になって、両手で額を押さえているのです。

三十秒、二十秒、十秒と、二人の心臓の鼓動を合わせて、息詰まるような恐しい秒時が、過ぎ去って行きました。

「オイ、時間は？」

壮太郎氏のうめくような声が訊ねます。

「十二時一分過ぎです」

「ナニ、一分過ぎた？　……アハハハ……、どうだ壮一、二十面相の予告状も、あてにならんじゃないか。宝石はここにちゃんとあるぞ。何の異状もないぞ」

壮太郎氏は、勝ち誇った気持で、大声に笑いました。併し壮一君はニッコリともしません。

「僕は信じられません。宝石には果して異状がないでしょうか。二十面相は違約なんかする男でしょうか」

「なにをいっているんだ。宝石は目の前にあるじゃないか」

「でも、それは函です」

「すると、お前は、函だけがあって、中身のダイヤモンドがどうかしたとでもいうのか」

「確かめてみたいのです。確かめるまでは安心出来ません」

壮太郎氏は思わず立上って、赤銅の小函を両手で圧《おさ》えつけました。壮一君も立上りました。二人の目が、殆ど一分の間、何か異様に睨み合ったまま動きませんでした。

「じゃ、開けてみよう。そんな馬鹿なことがある筈《はず》はない」

パチンと小函の蓋が開かれたのです。

と同時に、壮太郎氏の口から、

「アッ」

という叫声《さけびごえ》がほとばしりました。

無いのです。黒天鵞絨の台座の上は、全く空っぽなのです。由緒《ゆいしょ》深い二十万円の金剛石は、まるで蒸発でもしたように消え失《う》せていたのでした。

魔法使

暫《しば》くの間、二人とも黙りこくって、青ざめた顔を見合わせるばかりでしたが、やっとして、壮太郎氏は、さもいまいましそうに、

「不思議だ」

と呟《つぶや》きました。

「不思議ですね」

壮一君も、鸚鵡《おうむ》返しに同じことを呟きました。しかし、妙なことに、壮一君は一向驚いたり、心配したりしている様子がありません。唇の隅に何だか薄笑の影さえ見えます。

「戸締に異状はないし、それに、誰かが入って来れば、このわしの目に映らぬ筈はない。まさか、賊は幽霊のように、ドアの鍵穴から出入りしたわけではなかろうからね」

「そうですとも、いくら二十面相でも、幽霊に化けることは出来ますまい」

「すると、この部屋にいて、ダイヤモンドに手を触れることが出来たものは、わしとお前の外にはないのだ」

壮太郎氏は何か疑わしげな表情で、じっと我が子の顔を見つめました。

「そうです。あなたか僕の外にはありません」

壮一君の薄笑がだんだんはっきりして、ニコニコと笑い始めたのです。

「オイ、壮一、お前何を笑っているのだ。何がおかしいのだ」

壮太郎氏はハッとしたように、顔色を変えて呶鳴《どな》りました。

「僕は賊の手並に感心しているのですよ。彼はやっぱり偉いですなあ。ちゃんと約束を守ったじゃありませんか。十重二十重《とえはたえ》の警戒を物の見事に突破したじゃありませんか」

「コラ、よさんか。お前は又賊を褒め上げている。つまり、賊に出し抜かれたわしの顔がおかしいとでもいうのか」

「そうですよ。あなたがそうして、うろたえている様子が実に愉快なんですよ」

アア、これが子たるものの父に対する言葉でしょうか。壮太郎氏は怒るよりも、あっけにとられてしまいました。そして、今目の前にニヤニヤ笑っている青年が、自分の息子ではなくて、何かしらえたいの知れない人間に見えて来ました。

「壮一、そこを動くんじゃないぞ」

壮太郎氏は、怖い顔をして息子を睨みつけながら、呼鈴《よびりん》を押す為に、部屋の一方の壁に近づこうとしました。

「羽柴さん、あなたこそ動いてはいけませんね」

驚いたことには、子が父を羽柴さんと呼びました。そして、ポケットから小型のピストルを取出すと、その手を低く脇にあてて、じっとお父さんに狙《ねらい》を定めたではありませんか。顔はやっぱりニヤニヤと笑っているのです。

壮太郎氏は、ピストルを見ると、立ちすくんだまま、動けなくなりました。

「人を呼んではいけません。声をお立てになれば、僕は構わず引金を引きますよ」

「貴様は一体何者だ。もしや……」

「ハハハ……、やっとお分かりになったようですね。御安心なさい。僕はあなたの息子の壮一君じゃありません。お察しの通り、あなた方が二十面相と呼んでいる盗賊です」

壮太郎氏はお化でも見るように、相手の顔を見つめました。どうしても解けない謎《なぞ》があったからです。では、あのボルネオ島からの手紙は、誰が書いたのだ。あの写真は誰の写真なのだ。

「ハハハ……、二十面相は童話の中の魔法使です。誰にも出来ないことを実行して見せるのです。羽柴さん、ダイヤモンドを頂戴したお礼に、種明しをしましょうか」

怪青年は身の危険を知らぬように、落ちつきはらって説明しました。

「僕は壮一君の行方不明になっていることを探り出しました。同君の家出以前の写真も手に入れました。そして、十年の間に壮一君がどんな顔に変るかということを想像して、マア、こんな顔を作り上げたのです」

彼はそういって、自分の頬をピタピタと叩《たた》いて見せました。

「ですから、あの写真は、外でもない、この僕の写真なんです。手紙も僕が書きました。そして、ボルネオ島にいる僕の友達に、あの手紙と写真を送って、そこからあなた宛《あて》に郵送させたわけですよ。お気の毒ですが、壮一君はいまだに行方不明なのです。ボルネオ島なんかにいやしないのです。あれはすっかり、始からしまいまで、この二十面相の仕組んだお芝居ですよ」

羽柴一家の人々は、お父さまもお母さまも、懐かしい長男が帰ったという喜びにとりのぼせて、そこにこんな恐しいカラクリがあろうとは、全く思いも及ばなかったのでした。

「僕は忍術使です」

二十面相は、さも得意らしく続けました。

「分かりますか。ホラ、さっきのピンポンの球です。あれが忍術の種なんです。あれは僕がポケットから絨毯の上に放り出したのですよ。あなたは、少しの間球に気を取られていました。机の下を覗きこんだりしました。その隙に宝石函の中から、ダイヤモンドを取出すのは、何の造作もないことでした。ハハハ……、では左様《さよう》なら」

賊はピストルを構えながら、あとずさりをして行って、左手で、鍵穴にはめたままになっていた鍵を廻し、サッとドアを開くと、廊下へ飛出しました。

廊下には庭に面して窓があります。賊はその掛金をはずして、ガラス戸を開き、ヒラリと窓枠に跨《また》がったかと思うと、

「これ、壮二君の玩具《おもちゃ》に上げて下さい。僕は人殺しなんてしませんよ」

と、いいながら、ピストルを部屋の中へ投げこんで、そのまま姿を消してしまいました。二階から庭へと飛降りたのです。

壮太郎氏は、又しても出し抜かれました。ピストルは玩具だったのです。さい前《ぜん》から、玩具のピストルに脅えて、人を呼ぶことも出来なかったのです。

しかし、読者諸君は御記憶でしょう。賊の飛降りた窓というのは、少年壮二君が、夢に見たあの窓です。その下には、壮二君が仕掛けて置いた鉄の罠が、鋸《のこぎり》のような口を開いて、獲物を待構えている筈《はず》です。夢は正夢でした。すると、もしかしたら、あの罠も何かの役に立つのではありますまいか。

アア、もしかしたら！

池の中

賊がピストルを投げ出して、外へ飛降りたのを見ると、壮太郎氏はすぐさま、窓の所へ駈《か》けつけ、暗い庭を見おろしました。

暗いといっても、庭には、ところどころに、公園の常夜燈《じょうやとう》のような電燈がついているので、人の姿が見えぬほどではありません。

賊は飛降りた拍子に、一度倒れた様子ですが、すぐムクムクと起上《おきあが》って、非常な勢《いきおい》で駈け出しました。

ところが、案の定、彼は例の花壇へ飛びこんだのです。そして、二三歩花壇の中を走ったかと思うと、忽ちガチャンという烈《はげ》しい金属の音がして、賊の黒い影は、もんどり打って倒れました。

「誰かいないか。賊だ。賊だ。庭へ廻れ」

壮太郎氏が大声に呶鳴りました。

もし罠がなかったら、素早い賊は、とっくに逃げ去っていたことでしょう。壮二君の子供らしい思いつきが、偶然功《こう》を奏《そう》したのです。賊が罠をはずそうともがいている間に、四方から人々が駈けつけました。背広服のお巡さん達、書生達、それから運転手、総勢七人です。

壮太郎氏も急いで階段を降り、近藤老人と共に、階下の窓から、電燈を庭に向けて、捕物《とりもの》の手助をしました。

ただ妙に思われたのに、折角買入れた猛犬のジョンが、この騒に姿を現さないことでした。もしジョンが加勢してくれたら、万一にも賊を取り逃がすようなことはなかったでしょうに。

二十面相が、やっと罠をはずして、起上《たちあが》った時には、手に手に懐中電燈を持った追手の人達が、もう十メートルの間近に迫っていました。それも一方からではなくて、右からも、左からも、正面からもです。

賊は黒い風のように走りました。イヤ、弾丸のようにといった方がいいかも知れません。追手の円陣の一方を突破して、庭の奥へと走り込みました。

庭は公園のように広いのです。築山《つきやま》があり、池があり、森のような木立があります。暗さは暗し、七人の追手でも決して十分とはいえません。アア、こんな時、ジョンさえいてくれたら……。

しかし、追手は必死でした。殊に三人のお巡さんは、捕物にかけては、腕におぼえの人々です。賊が築山の上の茂みの中へ駈け上ったと見ると、平地を走って、築山の向側へ先廻りをしました。あとからの追手と挟みうちにしようというわけです。

こうしておけば、賊は塀の外へ逃げ出すわけには行きません。それに、庭を取り巻いたコンクリート塀は、高さ四メートルもあって、梯子《はしご》でも持出さない限り、乗り越えるすべはないのです。

「アッ、ここだッ、賊はここにいるぞ」

書生の一人が、築山の上の茂みの中で叫びました。

懐中電燈の丸い光が、四方からそこへ集中されます。茂みは昼のように明るくなりました。

その光の中を、賊は背中を丸くして、築山の右手の森のような木立へと、鞠《まり》のように駈け降ります。

「逃がすなッ、山を降りたぞ」

そして、大木の木立の中を、懐中電燈がチロチロと、美しく走るのです。

庭が非常に広く、樹木や岩石が多いのと、賊の逃走が巧みな為に、相手の背中を目の前に見ながら、どうしても捕らえることが出来ません。

そうしているうちに、電話の急報によって、近くの警察署から、数名の警官が駈けつけ、直《ただ》ちに塀の外を固めました。賊はいよいよ袋の鼠です。

邸内では、それから又暫くの間、恐しい鬼ごっこが続きましたが、そのうちに、追手達は、ふと賊の姿を見失ってしまいました。

賊はすぐ前を走っていたのです。大きな木の幹を縫うようにして、チラチラと見えたり隠れたりしていたのです。それが突然、消え失せてしまったのです。木立を一本一本、枝の上まで照らして見ましたけれど、どこにも賊の姿はないのです。

塀外には警官の見張があります。建物の方は、洋館は勿論《もちろん》、日本座敷も雨戸が開かれ、家中の電燈が赤々と庭を照らしている上に、壮太郎氏、近藤老人、壮二君をはじめ、女中達までが、縁側に出て庭の捕物を眺めているのですから、そちらへ逃げるわけにも行きません。

賊は庭園のどこかに、身を潜《ひそ》めているに違いないのです。それでいて、七人のものが、いくら探しても、その姿を発見することが出来ないのです。二十面相は又しても、忍術を使ったのではないでしょうか。

結局、夜の明けるのを待って、捜し直す外はないと一決しました。表門と裏門と塀外の見張さえ厳重にしておけば、賊は袋の鼠ですから、朝まで待っても大丈夫だというのです。

そこで、追手の人々は、邸外の警官隊を助ける為に、庭を引上げたのですが、ただ一人、松野《まつの》という自動車の運転手だけが、まだ庭の奥に残っていました。

森のような木立に囲まれて、大きな池があります。松野運転手は人々におくれて、その池の岸を歩いていた時、ふと妙なものに気づいたのです。

懐中電燈に照らし出された池の水際《みずぎわ》には、落葉が一杯浮いていましたが、その落葉の間から、一本の竹切が、少しばかり首を出して、ユラユラと動いているのです。風のせいではありません。波もないのに、竹切だけが、妙に動揺しているのです。

松野の頭に、ある非常に突飛《とっぴ》な考えが浮かびました。みんなを呼び返そうかしらと思ったほどです。しかし、それほどの確信はありません。余りに信じ難いことなのです。彼は電燈を照らしたまま、池の岸にしゃがみました。そして、恐しい疑いをはらす為に、妙なことを始めたのです。

ポケットを探って、鼻紙を取出すと、それを細く裂いて、ソッと池の中の竹切の上に持って行きました。

すると、不思議なことが起ったのです。薄い紙切が、竹の筒の先で、フワフワと上下に動き始めたではありませんか。紙がそんな風《ふう》に動くからには、竹の筒から、空気が出たり入ったりしているのに違いありません。

まさかそんなことがと、松野は彼の想像を信じる気になれないのです。でも、この確かな証拠をどうしましょう。命のない竹切が、呼吸をする筈はないではありませんか。

冬ならば、ちょっと考えられないことです。しかし、それは前にも申しました通り、秋の十月、それほど寒い気候ではありません。殊に二十面相の怪物は、自《みずか》ら魔術師と称しているほど、突飛な冒険が好きなのです。

松野はその時、みんなを呼べばよかったのです。でも、彼は手柄を一人占にしたかったのでしょう。他人の力を借りないで、その疑いをはらしてみようと思いました。

彼は電燈を地面に置くと、いきなり両手を伸ばして、竹切を摑《つか》み、グイグイと引き上げました。

竹切は三十センチ程の長さでした。多分壮二君がお庭で遊んでいて、その辺へ捨てて置いたものでしょう。引っぱると、竹はなんなくズルズルと伸びて来ました。しかし、竹ばかりではなかったのです。竹の先には池の泥で真黒になった人間の手が、しがみついていたではありませんか。イヤ、手ばかりではありません。手の次には、びしょ濡《ぬ》れになった、海坊主《うみぼうず》のような人の姿が、ニューッと現れたではありませんか。

樹上の怪人

それから、池の岸辺で、どんなことが起ったかは、しばらく読者諸君の御想像にまかせます。

五六分の後には、以前の松野運転手が、何事もなかったように、同じ池の岸に立っておりました。少し息づかいが激しいようです。その外には変った所も見えません。

彼は急いで母屋《おもや》の方へ歩き始めました。どうしたのでしょう、少しびっこを引いています。でも、びっこを引きながら、グングン庭を横切って、表門までやって来ました。

表門には二人の書生が、木刀のようなものを持って、物々しく見張番を勤めています。

松野はその前まで行くと、何か苦しそうに額に手を当てて、

「僕は寒気がしてしようがない。熱があるようだ。少し休ませて貰うよ」

と、力のない声でいうのです。

「アア、松野君か、いいとも、休み給《たま》え。ここは僕達が引受けるから」

書生の一人が元気よく答えました。

松野運転手は、挨拶《あいさつ》をして、玄関脇の自動車小屋《ガレージ》の中へ姿を消しました。その自動車小屋《ガレージ》の裏側に彼の部屋があるのです。

それから朝までは、別段のこともなく過去《すぎさ》りました。表門も裏門も、誰も通過したものはありません。

塀外の見張をしていたお巡さん達も、賊らしい人影には出会いませんでした。

七時には、警視庁から大勢の係官が来て、邸内の取調を始めました。そして、取調がすむまで、家の者は一切外出を禁じられたのですが、学生だけは仕方がありません。門脇《わき》女学校三年生の早苗さんと、高千穂《たかちほ》小学校五年生の壮二君とは、時間が来るといつものように、自動車で邸《やしき》を出ました。

運転手はまだ元気のない様子で、あまり口数もきかず、うなだれてばかりいましたが、でも、学校がおくれてはいけないというので、押して運転席についたのです。

警視庁の中村捜査係長は、先《ま》ず主人の壮太郎氏と、犯罪現場の書斎で面会して、事件の顚末《てんまつ》を詳しく聞取った上、一通り邸内の人々を取調べてから、庭園の捜索に取りかかりました。

「昨夜私達が駈けつけましてから、ただ今まで、邸を出たものは一人もありません。塀を乗り越したものもありません。この点は十分信用していただいていいと思います」

所轄《しょかつ》警察署の主任刑事が、中村係長に断言しました。

「すると、賊はまだ邸内に潜伏しているというのですね」

「そうです。そうとしか考えられません。しかし、今朝《けさ》夜明から、又捜索を始めさせているのですが、今までの所何の発見もありません。ただ、犬の死骸《しがい》の外には……」

「エ、犬の死骸だって？」

「ここの家では、賊に備える為に、ジョンという犬を飼っていたのですが、それが昨夜のうちに毒死していました。調べて見ますと、ここの息子さんに化けた二十面相の奴《やつ》が、昨日夕方、庭に出て、その犬に何か食べさせていたということが分かりました。実に用意周到なやり方です。もしここの坊ちゃんが、罠を仕掛けて置かなかったら、奴は易々と逃げ去っていたに違いありません」

「では、もう一度庭を探して見ましょう。随分広い庭だから、どこに、どんな隠れ場所があるか知れない」

二人がそんな立話をしている所へ、庭の築山の向こうから、頓狂《とんきょう》な叫声が聞えて来ました。

「ちょっと来て下さい。発見しました。賊を発見しました」

その叫声と共に、庭のあちこちから、あわただしい靴音が起りました。警官達が現場へ駈けつけるのです。中村係長と主任刑事も、声を目あてに走り出しました。

行って見ますと、声の主は羽柴家の書生の一人でした。彼は森のようになった木立の中の、一本の大きな椎《しい》の木の下に立って、しきりと上の方を指さしているのです。

「あれです。あすこにいるのは、確かに賊です。洋服に見覚があります」

椎の木は、根元から三メートル程の所で、二股《ふたまた》に分かれているのですが、その股になった所に、茂った枝に隠れて、一人の人間が、妙な恰好をして横たわっていました。

こんなに騒いでも、逃出そうともせぬところを見ると、賊は息絶えているのでしょうか。

それとも、気を失っているのでしょうか。まさか、木の上で居眠をしているのではありますまい。

「誰か、あいつを引きおろしてくれ給え」

係長の命令に、早速梯子が運ばれて、それに登るもの、下から受取るもの、三四人の力で、賊は地上におろされました。

「オヤ、縛られているじゃないか」

いかにも、細い絹紐《きぬひも》様のもので、グルグル巻に縛られています。その上猿轡《さるぐつわ》です。大きなハンカチを口の中へ押し込んで、別のハンカチで固くくくってあります。それから、妙なことに、洋服が雨にでも遭ったようにグッショリ濡れているのです。

猿轡を取ってやると、男はやっと元気づいたように、

「畜生め、畜生め」

と唸《うな》り始めました。

「アッ、君は松野君じゃないか？」

書生がびっくりして叫びました。

それは二十面相ではなかったのです。二十面相の服を着ていましたけれど、顔は全く違うのです。お抱え運転手の松野に相違ありません。

でも、運転手といえば、さい前、早苗さんと壮二君を学校へ送るために、出かけたばかりではありませんか。その松野がどうしてここにいるのでしょう。

「君は一体どうしたんだ」

係長が尋ねますと、松野は、

「畜生め、やられたんです。あいつにやられたんです」

とくやしそうに叫ぶのでした。

壮二君の行方

松野君の語ったところによりますと、結局、賊は次のような突飛な手段によって、まんまと追手の目をくらまし、大勢の見ている中をやすやすと逃げ去ったことが分かりました。

人々に追い廻されている間に、賊はお庭の池に飛び込んで、水の中に潜《もぐ》ってしまったのです。でもただ潜っていたのでは呼吸が出来ませんが、丁度その辺に壮二君がおもちゃにして捨てて置いた、節のない竹切が落ちていたものですから、それを持って池の中へ入り、竹の筒を口に当て、一方の端を水面に出して、静かに呼吸をして、追手の立ち去るのを待っていたのでした。

ところが、人々のあとに残って、ひとりでその辺を見廻していた松野運転手が、その竹切を発見し、賊のたくらみを感づいたのです。思いきって竹切を引張ってみますと、果して、池の中から泥まみれの人間が現れて来ました。

そこで、闇《やみ》の中の格闘が始ったのですが、気の毒な松野君は救を求める隙《ひま》もなく、忽《たちま》ち賊のために組み伏せられ、賊がちゃんとポケットに用意していた絹紐で縛り上げられ、猿轡をされてしまったのです。そして、服をとりかえられた上、高い木の股へ担《かつ》ぎ上げられたという次第でした。

そう分かってみますと、壮二君達を学校へ送って行った運転手は、いよいよ贋者《にせもの》ときまりました。大切なお嬢さん坊ちゃんが、人もあろうに、二十面相自身の運転する自動車で、どこかへ行ってしまったのです。人々の驚き、お父さまお母様のご心配は、くどくど説明するまでもありません。

先ず早苗さんの行先、門脇女学校へ電話がかけられました。すると、意外にも、早苗さんは無事に学校へ着いていることが分かりました。では、賊は別に誘拐するつもりではなかったのだなと、大安心をして、次には壮二君の学校へ電話をして尋ねますと、もう授業が始っているのに、壮二君の姿は見えないという返事です。それを聞くと、お父さまお母さまの顔色が変ってしまいました。

賊は罠を仕掛けたのが、壮二君であることを知ったのかも知れません。そして、足に受けた傷の復讐《ふくしゅう》をするために、壮二君だけを誘拐したのかもしれません。

サア、大騒になりました。中村捜査係長は直ちにこのことを警視庁に報告し、東京全市に非常線を張って、羽柴家の自動車を探し出す手配を取りました。幸い自動車の型や番号は分かっているのですから、手掛りは十分ある訳です。

壮太郎氏は、殆ど三十分毎《ごと》に、学校と警視庁とへ電話をかけて、その後の様子を尋ねさせていましたが、一時間、二時間、三時間、時は容赦なくたって行くのに、壮二君の消息は、いつまでも分かりませんでした。

ところが、その日のお昼過になって、一人の薄汚れた背広に鳥打帽《とりうちぼう》の青年が、羽柴家の玄関に現れて、妙なことをいい出しました。

「あたしはお宅の運転手さんに頼まれたんですがね。運転手さんが、何だか途中で急に私用が出来たとかで、頼まれて自動車を運んで来たのですよ。車は門の中へ入れて置きましたから、調べて受取ってほしいんですがね」

書生が、そのことを奥へ報告する。ソレッというので、主人の壮太郎氏や支配人の近藤老人が、玄関へ駈け出して、車を調べてみますと、確かに羽柴家の自動車に相違ありません。しかし、中には誰もいないのです。壮二君はやっぱり誘拐されてしまったのです。

「オヤ、こんな妙な封筒が落ちていますよ」

近藤老人が、自動車のクッションの上から、一通の封書を拾い上げました。その表には「羽柴壮太郎殿必親展」と大きく書いてあるばかり、裏を見ても、差出人の名はありません。

「なんだろう」

と、壮太郎氏が封を開いて、庭に立ったまま読んでみますと、そこには左のような恐しい言葉が書きつらねてあったのです。

昨夜はダイヤ六顆《か》確かに頂戴《ちょうだい》しました。持ち帰って、見れば見るほど見事な宝玉、家宝として大切に保存します。

しかし、お礼はお礼として、少しお恨《うらみ》があるのです。何者かが庭に罠《わな》を仕掛けて置いて、僕の足に全治十日間の傷を負わせたことです。僕は損害を賠償してもらう権利があります。そのために御子息壮二君を人質として連れ帰りました。

壮二君は今、拙宅《せったく》の冷たい地下室に閉じ込められて、暗闇の中でシクシク泣いて居《お》ります。壮二君こそ、あの呪わしい罠を仕掛けた本人です。これ位のむくいは当然ではありますまいか。

ところで、損害の賠償ですが、それには、僕は御所蔵の観世音《かんぜおん》像を要求します。僕は昨日計《はか》らずも貴家の美術室を拝見する光栄を得たのですが、その立派さに驚き入りました。中にもあの観世音像は、鎌倉《かまくら》期の彫刻、安阿弥の作と説明書がありましたが、如何《いか》にも国宝にしたいほどのもの、美術好きの僕は、欲しくて欲しくてたまりませんでした。その時、どうあっても、この仏像だけは頂戴しなければならないと、かたく決心したのです。

ついては、今夜正十時、僕の部下のもの三名が、貴家に参上しますから、黙って美術室に通して頂きたいのです。彼等は観音像だけを荷造して、トラックに積んで運び去る予定になって居ります。人質の壮二君は、仏像と引換えに貴家へ戻るよう計らいます。約束は二十面相の名にかけて間違ありません。

このことを警察に知らせてはなりません。又部下のトラックの跡をつけさせてはいけません。若《も》しそういうことがあれば、壮二君は永久に帰らないものと思し召《おぼしめ》し下さい。

この申出《もうしいで》は必ず御承諾を得るものと信じますが、念のため、御承諾の節は、今夜だけ、十時まで正門を開け放って置いて下さい。それを目標《めじるし》に参上することに致します。

二十面相より

羽柴壮太郎殿

何という虫のよい要求でしょう。壮太郎氏を始め、拳を握ってくやしがりましたが、壮二君というかけがえのない人質を取られていては、どうすることも出来ません。残念ながらこの無茶な申出に応ずる外に手だてはないように思われます。

なお、賊に頼まれて自動車を運転して来た青年を捕らえて、十分詮議《せんぎ》しましたけれど、彼はただいくらかお礼を貰《もら》って頼まれただけで、賊のことは何も知りませんでした。

少年探偵

青年運転手を返すと、直ちに、主人の壮太郎氏夫妻、近藤老人、それに、学校の小使さんに送られて、車を飛ばして帰って来た早苗さんも加わって、奥まった部屋に善後処置の相談が開かれました。もうぐずぐずしてはいられないのです。十時といえば八九時間しかありません。

「外《ほか》のものならば構わない。ダイヤなぞお金さえ出せば手に入るのだからね。しかし、あの観世音像だけは、わしはどうも手離したくないのだ。ああいう国宝級の名作を、賊の手などに渡して、外国へでも売られるようなことがあっては、日本の美術界のためにすまない。あの彫刻はこの家の美術室に納めてあるけれど、決してわしの私有物ではないと思っている位だからね」

壮太郎氏は、さすがに我が子のことばかり考えてはいませんでした。しかし、羽柴夫人はそうはゆきません。可哀《かわい》そうな壮二君のことで一杯なのです。

「でも、仏像を渡すまいとすれば、あの子が、どんな目に遭うか分からないじゃございませんか。いくら大切な美術品でも、人間の命には換えられないと存じます。どうか警察などへおっしゃらないで、賊の申出に応じてやって下さいませ」

お母さまの瞼《まぶた》の裏には、どことも知れぬ真暗な地下室に、ひとりぼっちで泣きじゃくっている壮二君の姿が、まざまざと浮かんでいました。今晩の十時さえ待遠しいのです。たった今でも、仏像と引換えに、早く壮二君を取り戻してほしいのです。

「ウン、壮二を取り戻すのは無論のことだが、しかし、ダイヤを取られた上に、あのかけがえのない美術品まで、おめおめ賊に渡すのかと思うと、残念で堪《たま》らないのだ。近藤君、何か方法はないものだろうか」

「そうでございますね。警察に知らせたら、忽ち事が荒立ってしまいましょうから、賊の手紙のことは今晩十時までは、外へ漏れないようにして置かねばなりません。しかし、私立探偵ならば……」

老人がふと一案を持ち出しました。

「ウン、私立探偵というものがあるね。しかし、個人の探偵などにこの大事件がこなせるかしらん」

「聞くところによりますと、なんでも東京に一人、偉い探偵がいると申すことでございますが……」

老人が首をかしげているのを見て、早苗さんが突然口をはさみました。

「お父さま、それは明智小五郎探偵よ。あの人ならば、警察で匙《さじ》を投げた事件を、いくつも解決したっていうほどの名探偵ですわ」

「そうそう、その明智小五郎という人物でした。実に偉い男だそうで、二十面相とは恰《かっ》好《こう》の取組でございましょうて」

「ウン、その名はわしも聞いたことがある。では、その探偵をソッと呼んで、一つ相談をしてみることにしようか。専門家には我々に想像の及ばない名案があるかも知れん」

そして、結局、明智小五郎にこの事件を依頼することに話が極《きま》ったのでした。

早速、近藤老人が、電話帳を調べて、明智探偵の宅に電話をかけました。すると、電話口から、子供らしい声で、こんな返事が聞えて来ました。

「先生は今、満洲国政府の依頼を受けて、新京《しんきょう》へ出張中ですから、いつお帰りとも分かりません。しかし、先生の代理を勤めている小林という助手が居りますから、その人でよければすぐお伺い致します」

「アア、そうですか。だが、非常な難事件ですからねえ。助手の方ではどうも……」

近藤支配人が躊躇《ちゅうちょ》していますと、先方からは、おっかぶせるように、元気のよい声が響いて来ました。

「助手といっても、先生に劣らぬ腕ききなんです。十分御信頼なすっていいと思います。ともかく、一度お伺いしてみることにいたしましょう」

「そうですか。ではすぐに一つ御足労下さるようにお伝え下さい。ただお断りして置きますが、事件を御依頼したことが、相手方に知れては大変なのです。人の生命《いのち》に関することなのです。十分御注意の上、誰にも悟られぬよう、こっそりとお訪ね下さい」

「それは、おっしゃるまでもなく、よく心得て居ります」

そういう問答があって、いよいよ小林という名探偵がやって来ることになりました。

電話が切れて十分もたったかと思われる頃、一人の可愛《かわい》らしい少年が、羽柴家の玄関に立って、案内を乞《こ》いました。書生が取次ぎに出ますと、その少年は、

「僕は壮二君のお友達です」

と自己紹介をしました。

「壮二さんはいらっしゃいませんが」

と答えると、少年は、さもあらんという顔つきで、

「大方、そんなことだろうと思いました。ではお父さんにちょっと会わせて下さい。僕のお父さんからことづけがあるんです。僕小林っていうもんです」

と、すまして会見を申し込みました。

書生からその話を聞くと、壮太郎氏は小林という名に心当りがあるものですから、ともかく、応接室に通させました。

壮太郎氏が入って行きますと、詰襟《つめえり》の学生服を着た、十五六歳の少年が立っていました。林檎《りんご》のように艶々《つやつや》した頰の、目の大きい、可愛らしい子供です。

「羽柴さんですか、初めまして。僕、明智探偵事務所の小林っていうものです。お電話

を下さいましたので、お伺いしました」

少年は目をクリクリさせて、ハッキリした口調でいいました。

「アア、小林さんのお使《つかい》ですか。ちと込み入った事件なのでね。御本人に来てもらいたいのだが……」

壮太郎氏がいいかけるのを、少年は手を上げてとめるようにしながら答えました。

「イエ、僕がその小林芳雄です。外に助手はいないのです」

「ホホウ、君が御本人ですか」

壮太郎氏はびっくりしました。と同時に、なんだか、妙に愉快な気持になって来ました。こんなちっぽけな子供が、名探偵だなんて、本当かしら。だが、顔つきや言葉遣《づかい》は、なかなか頼もしそうだわい。一つこの子供に相談をかけてみるかな。

「さっき、電話口で腕ききの名探偵といったのは、君自身のことだったのですか」

「エエ、そうです。僕は先生から、留守中の事件をすっかり任されているのです」

少年は自信たっぷりです。

「今、君は、壮二の友達だっていったそうですね。どうして壮二の名を知っていました」

「それ位のことが分からないでは、探偵の仕事は出来ません。実業雑誌にあなたの御家族のことが出ていたのを、切抜帳で調べて来たのです。電話で人の一命にかかわるという話があったので、早苗さんか、壮二君か、どちらかが行方不明にでもなったのではないかと想像して来ました。どうやら、その想像が当ったようですね。それから、この事件には、例の二十面相の賊が、関係しているのではありませんか」

小林少年は実に小気味よく口をききます。

なるほど、この子供は、本当に名探偵かも知れないぞと、壮太郎氏はすっかり感心してしまいました。

そこで、近藤老人を応接室に呼んで、二人で事件の顚末を、この少年に詳しく語り聞かせることにしたのです。

少年は、急所急所で、短い質問をはさみながら、熱心に聞いていましたが、話がすむと、その観音像が見たいと申し出《い》でました。そして、壮太郎氏の案内で、美術室を見て、もとの応接室に帰ったのですが、暫くの間、物もいわないで、目をつむって、何か考えごとに耽《ふけ》っている様子でした。

やがて、小林少年は、パッチリ目を開くと、一膝《ひとひざ》乗り出すようにして、意気込んでいました。

「僕は一つうまい手段を考えついたのです。相手が魔法使なら、こっちも魔法使になるのです。非常に危険な手段です。でも、危険を冒《おか》さないで手柄を立てることは出来ませんからね。僕は前に、もっと危いことさえやった経験があります」

「ホウ、それは頼もしい。だが一体どういう手段ですね」

「それはね」

小林少年は、いきなり壮太郎氏に近づいて、耳もとに何か囁《ささや》きました。

「エ、君がですか」

壮太郎氏は、余りに突飛な申出に、目を丸くしないではいられませんでした。

「そうです。ちょっと考えると、むずかしそうですが、僕達にはこの方法は試験ずみなんです。先年フランスの怪盗アルセーヌ・ルパンの奴《やつ》を、先生がこの手で、ひどい目に遭わせてやったことがあるんです」

「壮二の身に危険が及ぶようなことはありませんか」

「それは大丈夫です。相手が小さな泥棒ですと却《かえ》って危険ですが、二十面相ともあろうものが、約束を違《たが》えたりはしないでしょう。壮二君は仏像と引換えにお返しするというのですから、危険が起る前にちゃんとここへ戻っていらっしゃるに違いありません。若しそうでなかったら、その時にはまたその時の方法があります。大丈夫ですよ。僕は子供だけれど、決して無茶なことは考えません」

「明智さんの不在中に、君にそういう危険なことをさせて、万一のことがあっては困るが……」

「ハハハ……、あなたは僕達の生活を御存じないのですよ。探偵なんて軍人と同じことで、犯罪捜査のために倒れたら本望なんです。しかし、こんなこと何でもありませんよ。危険という程の仕事じゃありません。あなたは見て見ぬふりをして下さればいいんです。僕は、たとえお許がなくても、もうあとへは引きませんよ。勝手に計画を実行するばかりです」

羽柴氏も近藤老人も、この少年の元気を、もてあまし気味でした。

そして、長い間の協議の結果、とうとう小林少年の考えを実行することに話がきまりました。

仏像の奇蹟《きせき》

さて、お話は飛んで、その夜の出来事に移ります。

午後十時、約束を違えず、二十面相の部下の三人のあらくれ男が、開け放ったままの、羽柴家の門をくぐりました。

盗人《ぬすっと》達は、玄関に立っている書生などを尻目《しりめ》に、「お約束の品物を頂きに参りましたよ」と捨てぜりふを残しながら、間取を教えられて来たと見えて、迷いもせず、グングン奥の方へ踏み込んで行きました。

美術室の入口には、壮太郎と近藤老人とが待受けていて、賊の一人に声をかけました。

「約束は間違いないだろうね。子供はつれて来たんだろうね」

するると、賊は無愛想に答えました。

「ご心配にゃ及びませんよ。子供さんは、もうちゃんと門の側《そば》まで連れて来てありますさあ。だがね、探したって無駄ですぜ。あっし達が荷物を運び出すまでは、いくら探しても分からねえように工夫がしてあるんです。でなきあ、こちとらが危いからね」

いい捨てて、三人はドカドカ美術室へ入って行きました。

その部屋は土蔵のような造になっていて、薄暗い電燈の下に、まるで博物館のようなガラス棚が、グルッとまわりを取り巻いているのです。

由《よし》ありげな刀剣、甲冑《かっちゅう》、置物、手箱の類《たぐい》、屛風《びょうぶ》、掛軸《かけじく》などが、ところ狭く並んでいる一方の隅に、高さ一メートル半程の、長方形のガラス箱が立っていて、その中に、問題の観世音像が安置してあるのです。

蓮華《れんげ》の台座の上に、本当の人間の半分程の大きさの、薄黒い観音様が坐《すわ》っておいでになります。元は金色《こんじき》まばゆいお姿だったのでしょうけれど、今はただ一面に薄黒く、着ていらっしゃる襞《ひだ》の多い衣もところどころ擦り破れています。でも、さすがは名匠《めいしょう》の作、その円満柔和なお顔立は、今にも笑い出すかと思われるばかり、いかなる悪人も、このお姿を拝しては、合掌しないではいられぬ程に見えます。

三人の泥棒は、さすがに気がひけるのか、仏像の柔和なお姿を、よくも見ないで、すぐ様仕事にかかりました。

「グズグズしちゃいられねえ。大急ぎだぜ」

一人が持って来た薄汚い布のようなものを広げますと、もう一人の男が、その端を持って、仏像のガラス箱の外を、グルグルと巻いて行きます。たちまち、それと分からぬ布包が出来上ってしまいました。

「ホラいいか。横にしたら毀《こわ》れるぜ。よいしょ、よいしょ」

傍若無人《ぼうじゃくぶじん》の掛声までして、三人の奴はその荷物を、表へ運び出します。

壮太郎氏と近藤老人は、それがトラックの上に積み込まれるまで、三人の側につききって、見張っていました。仏像だけ持ち去られて、壮二君が戻って来ないでは、なんにもならないからです。

やがて、トラックのエンジンが騒々しく唸りはじめ、車は今にも出発しそうになりました。

「オイ、壮二さんはどこにいるのだ。壮二さんを戻さない内は、この車を出発させないぞ。もし無理に出発すれば、すぐ警察に知らせるぞ」

近藤老人は、もう一生懸命でした。

「心配するなってえことよ。ホラ、うしろを向いてごらん。坊ちゃんは、もうちゃんと玄関においでなさらあ」

振り向くと、なるほど、玄関の電燈の前に、大きいのと小さいのと、二つの黒い人影が見えます。

壮太郎氏と老人とがそれに気を取られている内に、

「あばよ……」

トラックは、門前を離れて見る見る小さくなって行きました。

二人は、急いで玄関の人影のそばへ引き返しました。

「オヤ、こいつらは、さっきから門の所にいた親子の乞食《こじき》じゃないか。さては一杯食わされたかな」

いかにもそれは親子と見える二人の乞食でした。両人とも、ボロボロの薄汚れた着物を着て、煮しめたような手拭《てぬぐい》で頬かむりをしています。

「お前達はなんだ。こんなところへ入って来ては困るじゃないか」

近藤老人が叱《しか》りつけますと、親の乞食が妙な声で笑い出しました。

「エヘヘヘヘ、お約束でございますよ」

訳の分からぬことをいったかと思うと、彼はやにわに走り出しました。まるで風のように、暗闇の中を、門の外へ飛び去ってしまいました。

「お父さま、僕ですよ」

今度は子供の乞食が、変なことをいい出すではありませんか。そして、いきなり、頬かむりをとり、ボロボロの着物を脱ぎ捨てたのを見ると、その下から現れたのは、見覚《みおぼえ》のある学生服、白い顔。子供乞食こそ、外ならぬ壮二君でした。待ちかねた壮二君でした。

「どうしたのだ、こんな汚いなりをして」

羽柴氏が、懐《なつ》かしい壮二君の手を握りながら尋ねました。

「何か訳があるのでしょう。二十面相の奴が、こんな着物を着せたんです。でも、今まで猿轡をはめられていて、物がいえなかったのです」

アア、では今の親乞食こそ、二十面相その人だったのです。彼は乞食に変装をして、それとなく仏像が運び出されたのを見極めた上、約束通り壮二君を返して、逃げ去ったのに違いありません。それにしても、乞食とは何という思いきった変装でしょう。乞食ならば、人の門前にうろついていても、さして怪しまれはしないという、二十面相らしい思いつきです。

壮二君は無事に帰りました。聞けば、先方では、地下室に閉じ込められてはいたけれど、別に虐待《ぎゃくたい》されるようなこともなく、食事も十分あてがわれたということです。

これで羽柴家の大きな心配は取り除かれました。お母さまお姉さまの喜びがどんなであったかは、読者諸君の御想像にお任せします。

さて一方、乞食に化けた二十面相は、風のように羽柴家の門を飛び出し、小暗い横町に隠れて、素早く乞食の着物を脱ぎ捨てますと、その下には茶色の十徳姿の、お爺《じい》さんの変装が用意してありました。頭は白髪《しらが》、顔も皺《しわ》だらけの、どう見ても六十を越した隠居さまです。

彼は姿をととのえると、隠し持っていた竹の杖《つえ》をつき、背中を丸めて、よちよちと歩き出しました。たとえ羽柴氏が約束を無視して、追手をさし向けたとしても、これでは見破られる気遣ありません。実に心にくいばかり用意周到な遣口《やりくち》です。

老人は大通りに出ると、一台のタクシーを呼びとめて、乗り込みましたが、二十分もでたらめの方向に走らせておいて、別の車に乗り換え、今度は本当の隠家《かくれが》へ急がせました。

車の止った所は、戸山ヶ原の入口でした。老人はそこで車を降りて、真暗な原っぱをよぼよぼと歩いて行きます。さては、賊の巣窟《そうくつ》は戸山ヶ原にあったのです。

原っぱの一方のはずれ、こんもりとした杉林の中に、ポッツリと、一軒の古い西洋館が建っています。荒れ果てて住手もないような建物です。老人はその洋館の戸口を、トントントンと三つ叩《たた》いて、少し間を置いて、トントンと二つ叩きました。

すると、これが仲間の合図と見えて、中からドアが開かれ、さい前仏像を盗み出した手下の一人が、ニュッと顔を出しました。

老人は黙ったまま先に立って、グングン奥の方へ入って行きます。廊下の突当りに、昔はさぞ立派であったろうと思われる、広い部屋があって、その部屋の真中に、布を捲《ま》きつけたままの仏像のガラス箱が、電燈《でんとう》もない、裸蠟燭《ろうそく》の赤茶けた光に、照らし出されています。

「よしよし。お前達うまくやってくれた。これは褒美《ほうび》だ。どっかへ行って遊んでくるがいい」

三人の者に数十枚の十円札を与えて、その部屋を立ち去らせると、老人は、ガラス箱の布をゆっくり取り去って、そこにあった裸蠟燭を片手に、仏像の正面に立ち、開戸になっているガラスの扉を開きました。

「観音さま、二十面相の腕前はどんなもんですね。昨日は二十万円のダイヤモンド、今日は国宝級の美術品です。この調子だと、僕の計画している大美術館も、間もなく完成しようていうものですよ。ハハハ……、観音さま。あなたは実によく出来ていますぜ。まるで生きているようだ」

ところが、読者諸君、その時でした。二十面相の独語《ひとりごと》が終るか終らぬかに、彼の言葉通りに、実に恐しい奇蹟が起ったのです。

木造の観音さまの右手が、グーッと前に伸びたではありませんか。しかも、その指には、お定《さだ》まりの蓮《はす》の茎ではなくて一挺《いっちょう》のピストルが、ピッタリと賊の胸に狙《ねらい》を定めて、握られていたではありませんか。

仏像がひとりで動く筈《はず》はありません。では、この観音さまには、人造人間のような機械仕掛が施されていたのでしょうか。しかし鎌倉時代の彫像に、そんな仕掛があるわけはないのです。すると、一体この奇蹟はどうして起ったのでしょう。

だが、ピストルをつきつけられた二十面相は、そんなことを考えている暇もありませんでした。彼はアッと叫んで、タジタジとあとずさりをしながら、手向かいしないといわぬばかりに、思わず両手を肩のところまで上げてしまいました。

陥穽《おとしあな》

さすがの怪盗も、これには肝をつぶしました。相手が人間ならばいくらピストルを向けられても驚くような賊ではありませんが、古い古い鎌倉時代の観音さまが、いきなり動き出したのですから、びっくりしないではいられません。

びっくりしたというよりも、ゾーッと心の底から恐しさがこみ上げて来たのです。怖い夢を見ているような、或《あるい》はお化《ばけ》にでも出くわしたような、何ともえたいの知れぬ恐怖です。

大胆不敵の二十面相が、可哀そうに、真青になって、タジタジとあとじさりをして、ご免なさいというように、蠟燭を床において、両手を高く上げてしまいました。

すると、又しても、実に恐しいことが起ったのです。観音さまが、蓮華の台座の上から降りて、床の上にヌッと立上ったではありませんか。そして、じっとピストルの狙を定めながら、一歩、二歩、三歩、賊の方へ近づいて来るのです。

「キ、貴様、一体、ナ、何者だッ」

二十面相は、追いつめられたけもののような、呻声《うめきごえ》を立てました。

「わしか、わしは羽柴家のダイヤモンドを取返しに来たのだ。たった今、あれを渡せば、一命を助けてやる」

驚いたことには、仏像が物をいったのです。重々しい声で命令したのです。

「ハハア、貴様、羽柴家の廻しものだな。仏像に変装して俺の隠家を突きとめに来たんだな」

相手が人間らしいことが分かると、賊は少し元気づいて来ました。でも、えたいの知れぬ恐怖が、全くなくなったわけではありません。というのは、人間が変装したのにしては、仏像が余り小さすぎたからです。立上ったところを見ると、十二三の子供の背丈しかありません。その一寸法師みたいな奴が、落ちつき払って、老人のような重々しい声で物をいっているのですから、実に何とも形容の出来ない気味悪さです。

「で、ダイヤモンドを渡さぬといったら？」

賊は恐る恐る、相手の気を引いてみるように、尋ねました。

「お前の命がなくなるばかりさ。このピストルはね、いつもお前が使うような、おもちゃじゃないんだぜ」

観音さまは、この御隠居然とした白髪《はくはつ》の老人が、その実二十面相の変装姿であることを、ちゃんと知りぬいている様子でした。多分さい前の手下の者との会話を漏れ聞いて、それと察したのでしょう。

「おもちゃでないという証拠を、見せて上げようか」

そういったかと思うと、観音さまの右手がヒョイと動きました。

と同時に、ハッと飛上るような恐しい物音。部屋の一方の窓ガラスが、ガラガラと砕け落ちました。ピストルからは実弾が飛出したのです。

一寸法師の観音さまは、滅茶滅茶《めちゃめちゃ》に飛散るガラスの破片を、チラと見やったまま、素早くピストルの狙を元に戻し、印度《インド》人みたいな真黒な顔で、薄気味悪くニヤニヤと笑いました。

見ると、賊の胸につきつけられたピストルの筒口からは、まだ薄青い煙が立昇っています。

二十面相は、この黒い顔をした小さな怪人物の肝っ魂が、恐しくなってしまいました。こんな滅茶苦茶な乱暴者は、何を仕出すか知れたものではない。本当にピストルで撃ち殺す気かも知れぬ。たといその弾丸《たま》はうまくのがれたとしても、この上あんな大きな物音を立てられては、附近の住民に怪しまれて、どんなことになるかも知れぬ。

「仕方がない。ダイヤモンドは返してやろう」

賊はあきらめたようにいい捨てて、部屋の隅の大きな机の前へ行き、机の脚を刳貫《くりぬ》いた隠し抽斗《ひきだし》から、六顆の宝石を取出すと、手の平にのせて、カチャカチャいわせながら戻って来ました。

ダイヤモンドは、賊の手の中で躍る度毎《たびごと》に、床の蠟燭の光を受けて、ギラギラと虹《にじ》のように輝いています。

「サア、これだ。よく調べて受取りたまえ」

一寸法師の観音さまは、左手を伸ばして、それを受取ると、老人のような嗄《しわが》れ声で笑いました。

「ハハハ……、感心感心、さすがの二十面相も、やっぱり命は惜しいとみえるね」

「ウム、残念ながら兜《かぶと》を脱いだよ」

賊はくやしそうに唇を嚙《か》みながら、

「ところで、一体君は何者だね。この二十面相をこんな目に会わせる奴があろうとは、俺も意外だったよ。後学《こうがく》のために名前を教えてくれないか」

「ハハハ……、お褒めにあずかって、光栄の至《いたり》だね。名前かい。それは君が牢屋《ろうや》へ入ってからのお楽しみに残しておこう。お巡さんが教えてくれることだろうよ」

観音さまは、勝ちほこったようにいいながら、やっぱりピストルを構えたまま、部屋の出口の方へ、ジリジリとあとじさりを始めました。

賊の巣窟はつき止めたし、ダイヤモンドは取戻したし、あとは無事にこの荒屋《あばらや》を出て、附近の警察へ駈《か》けこみさえすればよいのです。

この観音さまに変装した人物が何者であるかは、読者諸君とっくに御承知でしょう。小林少年は怪盗二十面相を向こうに廻して、見事な勝利をおさめたのです。その嬉《うれ》しさはどれ程でしたろう。どんな大人も及ばぬ大手柄です。

ところが、彼が今二三歩で部屋を出ようとしていた時、突然、異様な笑声が響き渡りました。見ると、老人姿の二十面相が、おかしくてたまらぬというように、大口開《あ》いて笑っているのです。

アア、読者諸君、まだ安心は出来ません。名にし負う怪盗のことです。負けたと見せて、その実、どんな最後の切札が残してないとも限りません。

「オヤッ、貴様、何がおかしいんだ」

観音さまに化けた少年は、ギョッとしたように立ち止って、油断なく身構えました。

「イヤ、失敬失敬、君が大人の言葉なんか使って、あんまりこまっちゃくれているもんだから、つい吹き出してしまったんだよ」

賊はやっと笑いやんで、答えるのでした。

「というのはね。俺はとうとう、君の正体を看破《みやぶ》ってしまったからさ。この二十面相の裏をかいて、これほどの芸当の出来る奴は、そうたんとはないからね。実をいうと、俺は真先に明智小五郎を思い出した。

だが、そんなちっぽけな明智小五郎なんてありゃしないやね。君は子供だ。明智流のやり方を会得《えとく》した子供といえば、外にはない。明智の少年助手は小林芳雄とかいったっけな。ハハハ……どうだ当ったろう」

観音像に変装した小林少年は、賊の明察に、内心ギョッとしないではいられませんでした。併《しか》し、よく考えてみれば、目的を果してしまった今更、相手に名前を悟られたところで、少しも驚くことはないのです。

「名前なんかどうだっていいが、お察しの通り僕は子供に違いないよ。だが、二十面相ともあろうものが、僕みたいな子供にやっつけられたとあっては、少し名折《なおれ》だねえ。ハハハ……」

小林少年は負けないで応酬しました。

「坊や、可愛いねえ。……貴様それで、この二十面相に勝ったつもりでいるのか」

「負けおしみはよし給え。折角《せっかく》盗み出した仏像は生きて動き出すし、ダイヤモンドは取返されるし、それでもまだ負けないっていうのかい」

「そうだよ。俺は決して負けないよ」

「で、どうしようっていうんだ！」

「こうしようというのさ！」

その声と同時に、小林少年は足の下の床板が、突然消えてしまったように感じました。ハッと身体《からだ》が宙に浮いたかと思うと、その次の瞬間には、目の前に火花が散って、身体のどこかが、恐しい力で叩きつけられたような、激しい痛を感じたのです。

アア、何という不覚でしょう。丁度その時、彼が立っていた部分の床板が、陥穽《おとしあな》の仕掛になっていて、賊の指がソッと壁の隠し釦《ボタン》を押すと同時に、留金がはずれ、そこに真暗な四角い地獄の口が開いたのでした。

痛に耐えかねて、身動も出来ず、暗闇の底に俯伏《うつぶ》している小林少年の耳に、遥《はる》か上の方から、二十面相の小気味よげな嘲笑《ちようしよう》が響いて来ました。

「ハハハ……、オイ坊や、さぞ痛かっただろう。気の毒だねえ。マア、そこでゆっくり考えてみるがいい。君の敵がどれ程の力を持っているかということをね。ハハハ……、この二十面相をやっつけるのには、君はちっと年が若すぎたよ。ハハハ……」

七つ道具

小林少年は、ほとんど二十分程の間、地底の暗闇の中で、墜落《ついらく》したままの姿勢で、じっとしていました。ひどく腰を打ったものですから、痛さに身動《みうごき》する気にもなれなかったのです。

その間に、天井では、二十面相が散々嘲《あざけ》りの言葉をなげかけておいて、陥穽の蓋《ふた》をピッシャリ閉めてしまいました。もう助る見込はありません。永久の虜《とりこ》です。もし賊がこのまま食事を与えてくれないとしたら、誰一人知るものもない荒屋の地下室で餓死《うえじに》してしまわねばなりません。

年端《としは》もゆかぬ少年の身で、この恐しい境遇を、どう耐え忍ぶことが出来ましょう。大抵の少年なれば、淋《さび》しさと恐しさに、絶望の余り、シクシクと泣き出したことでありましょう。

しかし、小林少年は泣きもしなければ、絶望もしませんでした。彼は健気《けなげ》にも、まだ二十面相に負けたとは思っていなかったのです。

やっと腰の痛が薄らぐと、少年が先《ま》ず最初にしたことは、変装の破れ衣の下に隠して、肩から下げていた小さなズックの鞄《カバン》に、ソッと触ってみることでした。

「ピッポちゃん、君は無事だったかい」

妙なことをいいながら、上から撫《な》でるようにしますと、鞄の中で何か小さなものが、ゴソゴソと動きました。

「アア、ピッポちゃんは、どこも打たなかったんだね。お前さえいてくれれば、僕、ちっとも淋しくないよ」

ピッポちゃんが、別条《べつじょう》なく生きていることを確かめると、小林少年は、闇の中に坐って、その小鞄を肩からはずし、中から、万年筆型の懐中電燈を取り出して、その光で、床に散らばっていた六つのダイヤモンドと、ピストルを拾い集め、それを鞄に収めるついでに、その中の色々な品物が紛失していないかどうかを、念入りに点検するのでした。

そこには、少年探偵の七つ道具が、チャンと揃《そろ》っていました。昔、武蔵坊弁慶《むさしぼうべんけい》という豪傑《ごうけつ》は、あらゆる戦《いくさ》の道具を、すっかり背中に背負って歩いたのだそうですが、それを「弁慶の七つ道具」といって、今に語り伝えられています。小林少年の「探偵七つ道具」は、そんな大きな武器ではなく、一纏《ひとまと》めにして両手に握れるほどの小さなものばかりでしたが、その役に立つことは決して弁慶の七つ道具にも劣りはしなかったのです。

まず万年筆型懐中電燈、夜間の捜査事業には燈火が何よりも大切です。又、この懐中電燈は時に信号の役目を果すことも出来ます。

それから、小型の万能ナイフ。これには鋸《のこぎり》、鋏《はさみ》、錐《きり》など、様々の刃物類が折畳《おりたたみ》になってついております。

それから、丈夫な絹紐《きぬひも》で作った縄梯子《なわばしご》、これは畳めば手の平に入るほど小さくなってしまうのです。その外、やっぱり万年筆型の望遠鏡、時計、磁石、小型の手帳と鉛筆、さい前賊を脅《おびや》かした小型ピストルなどが主なものでした。

イヤ、その外に、もう一つピッポちゃんのことを忘れてはなりません。懐中電燈に照らし出されたのを見ますと、それは一羽の鳩《はと》でした。可愛い鳩が身を縮めて、鞄の別の区画に、おとなしくじっとしていました。

「ピッポちゃん。窮屈だけれどもう少し我慢するんだよ。怖い小父《おじ》さんに見つかると大変だからね」

小林少年がそんなことをいって、頭を撫でてやりますと、鳩のピッポちゃんは、その言葉が分かりでもしたように、クークーと鳴いて返事をしました。

ピッポちゃんは、少年探偵のマスコットでした。彼はこのマスコットと一緒にいさえすれば、どんな危難に遭っても大丈夫だという、信仰のようなものを持っていたのです。それればかりではありません。この鳩はマスコットとしての外に、まだ重大な役目を持っていました。探偵の仕事には、戦争と同じように、通信機関が何よりも大切です。軍隊には無線電信隊がありますし、警察にはラジオ自動車がありますけれど、私立探偵にはそういうものがないのです。もし洋服の下へ隠せるような小型ラジオ発信器があれば一番いいのですが、そんなものは手に入らないものですから、小林少年は伝書鳩という面白い手段を考えついたのでした。

いかにも子供らしい思いつきでした。でも、子供の無邪気な思いつきが、時には大人をびっくりさせるような、効果を現すことがあるものです。

「僕はこの鞄の中に、僕のラジオも持っているし、それから僕の飛行機も持っているんだ」

小林少年は、さも得意そうにそんな独言をいっていることがありました。なるほど、伝書鳩はラジオでもあり、飛行機でもあるわけです。

さて、七つ道具の点検を終りますと、彼は満足そうに鞄を衣の中に隠し、次ぎには懐中電燈で、地下室の模様を調べ始めました。戦争には、先ず地形の偵察ということが肝要だからです。

地下室は十畳敷ほどの広さで、四方コンクリートの壁に包まれた、以前は物置にでも使われていたらしい部屋でした。どこかに階段がある筈だがと思って、探してみますと、大きな木の梯子が、部屋の一方の天井に釣り上げてあることが分かりました。出入口を閉《ふさ》いだだけで足りないで、階段まで取上げてしまうとは、実に用心深いやり方といわねばなりません。この調子では、地下室から逃げ出すことなど思いも及ばないのです。

部屋の隅に一脚の毀れかかった長椅子《ながいす》が置かれ、その上に一枚の古毛布が丸めてある外には、道具らしいものは何一品ありません。まるで牢獄のような感じです。

小林少年は、その長椅子を見て、思い当るところがありました。

「羽柴壮二君はきっとこの地下室に監禁されていたんだ。そして、この長椅子の上で眠ったに違いない」

そう思うと、何か懐かしい感じがして、彼は長椅子に近づき、クッションを押してみたり、毛布を広げてみたりするのでした。

「じゃ、僕もこのベッドで一眠りするかな」

大胆不敵の少年探偵は、そんな独言をいって、長椅子の上に、ゴロリと横になりました。

万事は夜が明けてからのことです。それまでに十分鋭気を養っておかねばなりません。なるほど、理窟はその通りですが、この恐しい境遇にあって、呑気《のんき》に一眠りするなんて、普通の少年には、とても真似《まね》の出来ないことでした。

「ピッポちゃん、サア眠ろうよ。そして、面白い夢でも見ようよ」

小林少年は、ピッポちゃんの入っている鞄を、大事そうに抱いて、闇の中に目をふさぎました。

そして間もなく、長椅子の寝台の上から、スヤスヤと、さも安らかな少年の寝息が聞えて来るのでした。

伝書鳩

小林少年はふと目を醒《さ》ますと、部屋の様子が、いつもの探偵事務所の寝室と違っているので、びっくりしましたが、忽《たちま》ち昨夜の出来事を思い出しました。

「アア、地下室に監禁されていたんだっけ。でも、地下室にしちゃ変に明るいなあ」

殺風景なコンクリートの壁や床が、ホンノリと薄明るく見えています。地下室に日が射《さ》す筈はないのだがと、なおも見廻していますと、昨夜は少しも気づきませんでしたが、一方の天井に近く、明り取の小さな窓が開いていることが分かりました。

その窓は三十センチ四方ほどの、ごく小さいもので、その上太い鉄格子《てつごうし》がはめてあります。地下室の床からは、三メートル近くもある高い所ですけれど、外から見れば、地面とすれすれの場所にあるのでしょう。

「ハテナ、あの窓から、うまく逃げ出せないかしら」

小林君は急いで長椅子から起上り、窓の下に行って、明るい空を見上げました。窓にはガラスがはめてあるのですが、それが割れてしまって、大声に叫べば、外を通る人に聞えそうにも思われるのです。

そこで、今まで寝ていた長椅子を、窓の下へ押して行って、それを踏台に、伸び上ってみましたが、それではまだ窓へ届きません。子供の力で重い長椅子を縦にすることは出来ないし、外に踏台にする道具とても見当りません。

では、小林君は、折角窓を発見しながら、そこから外を覗《のぞ》くことも出来なかったのでしょうか。イヤイヤ、読者諸君、御心配には及びません。こういう時の用意に、縄梯子というものがあるのです。少年探偵の七つ道具は、早速使道《つかいみち》が出来たわけです。

彼は鞄から絹紐の縄梯子を取出し、それを伸ばして、カウ・ボーイの投縄みたいには
ずみをつけ、一方の端についている鉤《かぎ》を、窓の鉄格子目がけて投げ上げました。
三度、四度失敗したあとで、ガチッと手応《てごたえ》がありました。鉤はうまく一本の鉄棒に掛
ったのです。

縄梯子といっても、これはごく簡略なもので、五メートルほどもある、長い丈夫な一
本の絹紐に、二十センチ毎に大きな結玉《むすびだま》が拵《こしら》えてあって、その結玉に足の指をかけて、
よじ登る仕掛なのです。

小林君は腕力では大人に及びませんけれど、そういう機械体操めいたことになると、
誰にもひけは取りませんでした。彼はなんなく縄梯子を登って、窓の鉄格子につかまる
ことが出来ました。

ところが、そうして調べてみますと、失望したことには、鉄格子は深くコンクリート
に塗りこめてあって、万能ナイフ位では、とてもとりはずせないことが分かりました。
では、窓から大声に救を求めてみたらどうでしょう。イヤ、それもほとんど見込がな
いのです。窓の外は荒れ果てた庭になっていて、草や木がしげり、そのずっと向こうに
生垣があって、生垣の外は道路もない広っぱです。その広っぱへ、子供でも遊びに来る
のを待って、救を求めれば求められるのですが、そこまで声が届くかどうかも疑わしい

ほどです。

それに、そんな大きな叫声を立てたのでは、広っぱの人に聞えるよりも先に、二十面相に聞かれてしまいます。いけない、いけない、そんな危険なことが出来るものですか。

小林少年は、すっかり失望してしまいました。でも、失望の中にも、一つだけ大きな収穫がありました。といいますのは、今の今まで、この建物が一体どこにあるのか、少しも見当がつかなかったのですが、窓を覗いたお陰で、その位置がハッキリと分かったことです。

読者諸君は、ただ窓を覗いただけで、位置が分かるなんて変だとおっしゃるかも知れません。でも、それが分かったのです。小林君は大変好運だったのです。

窓の外、広っぱの遥か向こうに、東京にたった一箇所しかない、際立《きわだ》って特徴のある建物が見えたのです。東京の読者諸君は、戸山ヶ原にある、陸軍の射撃場を御存じでしょう。あの大人国の蒲鉾《かまぼこ》を並べたような、コンクリートの大射撃場です。実にお誂《あつら》えむきの目印ではありませんか。

少年探偵は、その射撃場と賊の家との関係を、よく頭に入れて、縄梯子を降りました。そして、急いで例の鞄を開くと、手帳と鉛筆と磁石とを取出し、方角を確かめながら、地図を書いてみました。すると、この建物が、戸山ヶ原の北側、西寄りの一隅にあるということが、ハッキリと分かったのでした。ここで又、七つ道具の中の磁石が役に立ちました。

ついでに時計を見ますと、朝の六時を少し過ぎたばかりです。上の部屋がひっそりしている様子では、二十面相はまだ熟睡しているのかも知れません。

「アア、残念だなあ。折角二十面相の隠家を突きとめたのに、その場所がチャンと分っているのに、賊を捕縛することが出来ないなんて」

小林君は小さい拳《こぶし》を握りしめて、くやしがりました。

「僕の身体が、童話の仙女《フエアリー》みたいに小さくなって、羽が生えて、あの窓から飛び出せたらなあ。そうすれば、早速警視庁へ知らせて、お巡さんを案内して、二十面相を捕《つかま》えてしまうんだがなあ」

彼はそんな夢のようなことを考えて、溜息《ためいき》をついていましたが、ところが、その妙な空想がきっかけになって、ふと、すばらしい名案が浮かんで来たのです。

「ナアンダ、僕は馬鹿《ばか》だなあ。そんなことわけなく出来るじゃないか。僕にはピッポちゃんという飛行機があるじゃないか」

それを考えると、嬉しさに、顔が赤くなって、胸がドキドキ躍り出すのです。

小林君は興奮に震える手で、手帳に、賊の巣窟の位置と、自分が地下室に監禁されていることを記し、その紙をちぎって、細かく畳みました。

それから、鞄の中の伝書鳩ピッポちゃんを出して、その脚に結びつけてある通信筒の中へ、今の手帳の紙を詰めこみ、しっかり蓋を閉めました。

「サア、ピッポちゃん、とうとう君が手柄を立てる時が来たよ。しっかりするんだぜ。道草なんか食うんじゃないよ。いいかい。ソラあの窓から飛出して、早く奥さんの所へ行くんだ」

ピッポちゃんは、小林少年の手の甲にとまって、可愛《かわい》い目をキョロキョロさせて、じっと聞いていましたが、御主人の命令が分かったものとみえて、やがて勇ましく羽ばたきして、地下室の中を二三度行ったり来たりすると、ツーッと窓の外へ飛出してしまいました。

「アア、よかった。十分もすれば、ピッポちゃんは、明智先生の小母《おば》さんの所へ飛んで行くだろう。小母さんは僕の手紙を読んで、さぞびっくりなさるだろうなあ。でも、すぐに警視庁へ電話をかけて下さるに違いない。それから警官がここへ駈けつけるまで、三十分かな？　四十分かな？　なんにしても、今から一時間の内には、賊がつかまるんだ。そして僕はこの穴蔵から出ることが出来るんだ」

小林少年は、ピッポちゃんの消えて行った空を眺めながら、夢中になって、そんなことを考えていました。余り夢中になっていたものですから、いつの間にか、天井の陥穽の蓋が開いたことを、少しも気づきませんでした。

「小林君、そんなところで、何をしているんだね」

聞覚《ききおぼえ》のある二十面相の声が、まるで雷のように少年の耳をうちました。

ギョッとしてそこを見上げますと、天井にポッカリ開いた四角な穴から、昨夜のままの、白髪頭の賊の顔が、さかさまになって、覗いていたではありませんか。

アッ、それじゃ、ピッポちゃんの飛んで行くのを、見られたんじゃないかしら。

小林君は、思わず顔色を変えて、賊の顔を見つめました。

奇妙な取引

「少年探偵さん、どうだったね、昨夜の寝心地は。ハハハ……、オヤ、窓になんだか黒い紐がぶら下っているじゃないか。ハハア、用意の縄梯子というやつだね。感心感心、君は実に考え深い子供だねえ。だが、その窓の鉄棒は君の力じゃはずせまい。そんな所に立って、いつまで窓を睨《にら》んでいたって逃げ出せっこはないんだよ。気の毒だねえ」

賊は憎々しく嘲るのでした。

「ヤア、お早う。僕は逃げ出そうなんて思ってやしないよ。居心地がいいんだもの。この部屋は気に入ったよ。僕はゆっくり滞在するつもりだよ」

小林少年も負けてはいませんでした。今窓から伝書鳩を飛ばしたのを、賊にかんづかれたのではないかと、胸をドキドキさせていたのですが、二十面相の口ぶりでは、そんな様子も見えませんので、すっかり安心してしまいました。

ピッポちゃんさえ、無事に探偵事務所へ着いてくれたら、もうしめたものです。二十面相が、どんなに毒口を叩いたって、なんともありません。最後の勝利はこっちのものだと分かっているからです。

「居心地がいいんだって？　ハハハ……、益々《ますます》感心だねえ。さすがは明智の片腕といわれるほどあって、いい度胸だ。だが、小林君、少し心配なことがありゃしないかい。エ、君はもうお腹《なか》がすいている時分だろう。餓死《うえじに》してもいいというのかい」

何をいっているんだ。今にピッポちゃんの報告で、警察から沢山のお巡さんが、駈けつけて来るのも知らないで。小林君は何もいわないで、心の中で嘲笑っていました。

「ハハハ……、少し悄《しょ》げたようだね。いいことを教えてやろうか。君は代価を払うんだよ。そうすれば、おいしい朝御飯をたべさせて上げるよ。イヤイヤ、お金じゃない。食事の代価というのはね、君の持っているピストルだよ。そのピストルを、おとなしくこっちへ引渡せば、コックにいいつけて、早速朝御飯を運ばせるんだがねえ」

賊は大きなことはいうものの、やっぱりピストルを気味悪がっているのでした。それを食事の代価として取上げるとは、うまいことを思いついたものです。

小林少年は、やがて救い出されることを信じていましたから、それまで食事を我慢するのは、なんでもないのですが、あまり平気な顔をしていて、相手に疑いを起させてはまずいと考えました。それに、どうせピストルなどに、もう用事はないのです。

「残念だけれど、君の申出《もうしいで》に応じよう。本当はお腹がペコペコなんだ」

わざと口惜《くや》しそうに答えました。

賊はそれをお芝居とは心づかず、計略が図に当ったとばかり、得意になって、

「ウフフフ……、さすがの少年探偵もひもじさには敵《かな》わないと見えるね。ヨシヨシ、今すぐに食事をおろしてやるからね」

といいながら、陥穽を閉めて姿を消しましたが、やがて、何かコックに命じているらしい声が、天井から幽《かす》かに聞えて来ました。

案外食事の用意が手間取って、再び二十面相が陥穽を開いて顔を出したのは、それから二十分もたった頃でした。

「サア、暖かい御飯を持って来て上げたよ。だが、まず代金の方を先に頂戴《ちょうだい》することにしよう。サア、この籠《かご》にピストルを入れるんだ」

綱のついた小さな籠が、スルスルと降りて来ました。小林少年が、いわれるままに、ピストルをその中へ入れますと、籠は手早く天井へたぐり上げられ、それから、もう一度降りて来た時には、その中に湯気の立っているお握が三つと、ハムと、生卵と、お茶の瓶とが並べてありました。虜の身分にしては、なかなかの御馳走《ごちそう》です。

「サア、ゆっくりたべてくれ給え。君の方で代価さえ払ってくれたら、いくらでも御馳

走して上げるよ。お昼の御飯には、今度はダイヤモンドだぜ。折角手に入れたのを、気の毒だけれど、一粒ずつ頂戴することにするよ。いくら残念だといって、ひもじさには換えられないからね。つまり、そのダイヤモンドを、すっかり返して貰《もら》うというわけなんだよ。一粒ずつ、一粒ずつ、ハハハ……、ホテルの主人も、なかなか楽しみなものだねえ」

二十面相は、この奇妙な取引が、愉快でたまらない様子でした。しかし、そんな気の永いことをいっていて本当にダイヤモンドが取返せるのでしょうか。その前に彼自身が虜になってしまうようなことはないでしょうか。

小林少年の勝利

二十面相は、陥戸《おとしど》のところに踞《しゃが》んだまま、今取上げたばかりのピストルを、手の平の上でピョイピョイとはずませながら、得意の絶頂でした。そして、なおも小林少年をからかって楽しもうと、何かいいかけた時でした。

バタバタと二階からかけ降りる音がして、コックの恐怖にひきつッた顔が現れました。

「大変です。……自動車が三台、お巡がうじゃうじゃ乗っているんです。……二階の窓から見ていると、門の外で止りました。……早く逃げなくっちゃ」

アア、果してピッポちゃんは使命を果したのでした。そして、小林君の考えていたよりも早く、もう警官隊が到着したのでした。地下室で、この騒を聞きつけた少年探偵は、嬉しさに飛びたつばかりです。

この不意打には、さすがの二十面相も仰天しないではいられません。

「ナニ？」

と呻いて、スックと立上ると、陥戸を閉めることも忘れて、いきなり表の入口へかけ出しました。

でも、もうその時は遅かったのです。入口の戸を、外から烈《はげ》しく叩く音が聞えて来ました。戸の傍に設けてある覗穴に目を当てて見ますと、外は制服警官の人垣でした。

「畜生ッ」

二十面相は、怒に身をふるわせながら、今度は裏口に向かって走りました。しかし、中途までも行かぬ内に、その裏口の扉にも激しく叩く音が聞えて来たではありませんか。賊の巣窟は今や警官隊によって全く包囲されてしまったのです。

「頭《かしら》、もう駄目です。逃道はありません」

コックが絶望の叫を上げました。

「仕方がない二階だ」

二十面相は、二階の屋根裏部屋へ隠れようというのです。

「とても駄目です。すぐ見つかってしまいます」

コックは泣き出しそうな声でわめきました。賊はそれにかまわず、いきなり男の手を取って、引きずるようにして、屋根裏部屋への階段をかけ上りました。

二人の姿が階段に消えると程もなく、表口の扉が烈しい音を立てて倒れたかと思うと、数名の警官が屋内になだれ込んで来ました。それと殆《ほとん》ど同時に、裏口の戸も開いて、そこからも数名の制服巡査。

指揮官は、警視庁の鬼とうたわれた中村捜査係長その人です。係長は表と裏の要所要所に見張の警官を立たせておいて、残る全員を指図して、部屋という部屋を、片っぱしから捜索させました。

「アッ、ここだ。ここが地下室だ」

一人の警官が例の陥戸の上で呶《ど》鳴《な》りました。忽ちかけ寄る人々。そこに踞《しやが》んで、薄暗い地下室を覗いていた一人が、小林少年の姿を認めて、

「いる、いる。君が小林君か」

と呼びかけますと、待ちかまえていた少年は、

「そうです。早く梯子を降して下さい」

と叫ぶのでした。

一方、階下の部屋部屋は隈《くま》なく捜索されましたが、賊の姿はどこにも見えません。

「小林君、二十面相はどこへ行ったか、君は知らないか」

やっと地下室から這《は》い上った、異様な衣姿の少年を捉《とら》えて、中村係長が慌《あわただ》しく尋ねました。

「つい今し方まで、この陥戸のところにいたんです。外へ逃げた筈はありません。二階じゃありませんか」

小林少年の言葉が終るか終らぬに、その二階からただならぬ叫声が響いて来ました。

「早く来てくれ、賊だ、賊を捕えたぞ！」

ソレッというので、人々はなだれを打って、廊下の奥の階段へ殺到しました。ドカドカという烈しい靴音、階段を上ると、そこは屋根裏部屋で、小さな窓がたった一つ、まるで夕方のように薄暗いのです。

「ここだ、ここだ。早く加勢をしてくれ」

その薄暗い中で、一人の警官が、白髪白髯《はくぜん》の老人を組み敷いて、呶鳴っています。老人はなかなか手強《てごわ》いらしく、ともすればはね返しそうで、組み敷いているのがやっとの様子です。

先に立った二三人が、忽ち老人に組みついて行きました。それを追って、四人、五人、六人、悉《ことごと》くの警官が、折重なって、賊の上に襲いかかりました。

もうこうなっては、如何《いか》な兇賊《きょうぞく》も抵抗のしようがありません。見る見る内に高手《たかて》小手《こて》に縛《いまし》められてしまいました。

白髪の老人が、グッタリとして、部屋の隅に蹲《うずくま》ってしまった時、中村係長が小林少年を連れて上って来ました。首実検の為《ため》です。

「二十面相はこいつに相違ないだろうね」

係長が尋ねますと、少年は即座に肯《うなず》いて、

「そうです。こいつです。二十面相がこんな老人に変装しているのです」

と答えました。

「君達、そいつを自動車へ乗せてくれ給え。抜《ぬか》りのないように」

係長が命じますと、警官達は四方から老人を引っ立てて、階段を降りて行きました。

「小林君、大手柄だったねえ。満洲《まんしゅう》から明智さんが帰ったら、さぞびっくりすることだろう。相手が二十面相という大物だからねえ。あすになったら、君の名は日本中に響き渡るんだぜ」

中村係長は少年名探偵の手をとって、感謝に堪《た》えぬもののように、握りしめるのでした。

かくして、戦いは小林少年の勝利に終りました。仏像は最初から渡さなくてすんだのですし、ダイヤモンドは六顆《か》とも、ちゃんと鞄の中に収《おさま》っています。勝利も勝利、全く申分のない勝利でした。賊はあれほどの苦心にもかかわらず、一物をも得ることが出来なかったばかりか、折角監禁した小林少年は救い出され、彼自身はとうとう捕《とらわ》れの身となってしまったのですから。

「僕なんだか嘘《うそ》みたいな気がします。二十面相に勝ったなんて」

小林君は、興奮に青ざめた顔で、何か信じ難いことのようにいうのでした。

しかし、ここに一つ、賊が逮捕された嬉しさの余り、小探偵がすっかり忘れていた事柄があります。それは二十面相の雇っていたコックの行方です。彼は一体どこへ雲隠れしてしまったのでしょう。あれほどの家探《やさがし》に、全く姿を見せなかったというのは、実に不思議ではありませんか。

逃げる隙《ひま》があったとは思われません。もしコックに逃げる余裕があれば、二十面相も逃げている筈です。では、彼はまだ屋内のどこかに身を潜めているのでしょうか。それは全く不可能なことです。大勢の警官隊の厳重な捜索に、そんな手抜りがあったとは考えられないからです。

読者諸君、一つ本をおいて、考えてみて下さい。このコックの異様な行方不明には、そもそもどんな意味が隠されているのか。

恐しき挑戦状

戸山ヶ原の廃屋の捕物があってから二時間ほど後、警視庁の陰気な調室で、怪盗二十面相の取調が行われました。何の飾もない薄暗い部屋に机が一脚、そこに中村捜査係長と老人に変装したままの怪盗と、二人きりのさし向かいです。

賊は後手に縛められたまま、傍若無人《ぼうじゃくぶじん》に立ちはだかっています。さい前から、唖《おし》のように黙りこくって、一言も物をいわないのです。

「一つ君の素顔を見せて貰おうか」

係長は賊の傍へ寄ると、いきなり白髪の鬘《かつら》に手をかけて、スッポリと引抜きました。すると、その下から黒々とした頭が現れました。次には、顔一杯の白髪のつけ髭《ひげ》をむしり取りました。そして、いよいよ賊の素顔がむき出しになったのです。

「オヤオヤ、君は案外不男《ぶおとこ》だねえ」

係長がそういって、妙な顔をしたのも尤《もっと》もでした。賊は、狭い額、クシャクシャと不揃な短い眉《まゆ》、その下にギョロッと光っている団栗眼《どんぐりまなこ》、ひしゃげた鼻、しまりのない厚ぼったい唇、全く利口そうなところの感じられない、野蛮人のような、異様な相好《そうごう》でした。

先にもいう通り、この賊は幾つとなく違った顔を持っていて、時に応じて老人にも、青年にも、女にさえ化けるという怪物ですから、世間一般には勿論《もちろん》、警察の係官たちにも、その本当の容貌《ようぼう》は少しも分かっていなかったのです。

それにしても、これはまあ、何て醜い顔をしているのだろう。もしかしたら、この野蛮人みたいな顔が、やっぱり変装なのかも知れない。

中村警部は、何ともたとえられない不気味なものを感じました。警部はじっと賊の顔を睨みつけて、思わず声を大きくしないではいられませんでした。

「オイ、これがお前の本当の顔なのか」

実に変てこな質問です。しかし、そういう馬鹿馬鹿しい質問をしないではいられぬ気持でした。

すると、怪盗はどこまでも押黙ったまま、しまりのない唇を一層しまりなくして、ニヤニヤと笑い出したのです。

それを見ると、中村係長は、なぜかゾッとしました。目の前に、何か想像も及ばない奇怪な事が起り始めているような気がしたのです。

警部はその恐怖を隠すように、一層相手に近づくと、いきなり両手を上げて、賊の顔をいじり始めました。眉毛を引っぱってみたり、鼻を押さえてみたり、頬を抓《つね》ってみたり、飴細工《あめざいく》でもおもちゃにしているようです。

ところが、そうしていくら調べてみても、賊は変装している様子はありません。嘗てあの美青年の羽柴壮一君になりすました賊が、その実こんな仁物みたいな醜い顔をしていたとは、実に意外という外はありません。

「エヘヘヘ……、くすぐってえや、止《よ》してくんな、くすぐってえや」

賊がやっと声をたてました。しかし、何というだらしのない言葉でしょう。彼は口のきき方まで偽って、あくまで警察を馬鹿にしようというのでしょうか。それとも、もしかしたら……。

警部はギョッとして、もう一度賊を睨みつけました。頭の中に、ある途方もない考えがひらめいたのです。アア、そんなことがあり得《う》るでしょうか。あまりに馬鹿馬鹿しい空想です。全く不可能なことです。でも、警部はそれを確かめて見ないではいられませんでした。

「君は誰だ。君は一体全体何者なんだ」

又しても変てこな質問です。

すると、賊はその声に応じて、待構えていたように答えました。

「あたしは、木下虎吉《きのしたとらきち》っていうもんです。職業はコックです」

「黙れ！　そんな馬鹿みたいな口をきいて、ごまかそうとしたって駄目だぞ。本当のことをいえ、二十面相といえば世間に聞えた大盗賊じゃないか。卑怯《ひきよう》な真似《まね》をするなッ」

呶鳴りつけられて、ひるむかと思いの外、一体どうしたというのでしょう。賊はいきなりゲラゲラと笑い出したではありませんか。

「ヘエー、二十面相ですって、このあたしがですかい。ハハハ……、とんだことになるものですね。二十面相がこんな汚え男だと思っているんですかい。警部さんも目が無いねえ。いいかげんに分かりそうなもんじゃありませんか」

中村係長は、それを聞くと、ハッと顔色を変えないではいられませんでした。

「黙れッ、でたらめもいいかげんにしろ。そんな馬鹿なことがあるものか。貴様が二十面相だということは、小林少年がちゃんと証明しているじゃないか」

「ワハハハ……、それが間違っているんだから、お笑草でさあ。あたしはね、別になんにも悪いことをした覚えはねえ、ただのコックですよ。二十面相だか何だか知らないが、十日ばかり前、あの家へ雇われたコックの虎吉ってもんですよ。なんならコックの親方の方を調べて下さりゃすぐ分かることとです」

「その何でもないコックが、どうしてこんな老人の変装をしているんだ」

「それがね、いきなり押さえつけられて、着物を着換えさせられ、鬘《かぶ》を冠せられてしまったんでさあ。あたしも実はよく訳が分からないんだが、お巡さんが踏んごんで来なすった時に、主人があたしの手をとって、屋根裏部屋へ駈け上ったのですよ。

あの部屋には隠し戸棚があってね、そこに色んな変装の衣裳《いしよう》が入れてあるんです。主人はその中から、お巡さんの洋服やサーベルを取出して、手早く身につけると、今まで着ていたお爺《じい》さんの着物を、あたしに着せて、いきなり、『賊を捕えた』と呶鳴りながら、身動も出来ないように押さえつけてしまったんです。今から考えてみると、つまり警部さんの部下のお巡さんが、二十面相を見つけ出して、いきなり飛びかかったという、お芝居をやって見せたわけですね。屋根裏部屋は薄暗いですからねえ。あの騒の最中、顔なんか分かりっこありませんや。

あたしは、どうすることも出来なかったんですよ。なにしろ、主人と来たら、えらい力ですからねえ」

中村係長は、青ざめてこわばった顔で、無言のまま、烈しく卓上のベルを押しました。そして、給仕の少年が顔を出すと、今朝戸山ヶ原の廃屋を包囲した警官の内、表口裏口の見張番を勤めた四人の巡査にすぐ来るようにと伝えさせたのです。

やがて、入って来た四人の警官を、係長は怖い顔で睨みつけました。

「こいつを逮捕していた時、あの家から出て行ったものはなかったかね。そいつは巡査の服装をしていたかも知れないのだ。誰か見かけなかったかね」

その問に応じて、一人の警官が答えました。

「巡査ならば一人出て行きましたよ。賊が捕ったから早く二階へ行けと、呶鳴っておいて、僕らが慌《あわ》てて階段の方へ駈け出すのと反対にその男は外へ走って行きました」

「なぜ、それを今まで黙っているんだ。第一君はその男の顔を見なかったのかね。いくら巡査の制服を着ていたからといって、顔を見れば、贋者《にせもの》かどうかすぐ分かる筈《はず》じゃないか」

警部の額には、静脈が恐しくふくれ上っています。

「それが、顔を見る暇がなかったんです。風のように走って来て、風のように飛び出して行ったものですから。しかし、僕はちょっと不審に思ったので、君はどこへ行くんだと声をかけました。するとその男は、電話だよ。係長のいいつけで電話をかけに行くんだよ。と叫びながら走って行ってしまいました。

電話なれば、これまで例がないこともないので、僕はそれ以上疑いませんでした。それに、賊が捕ってしまったのですから、駈け出して行った巡査のことなんか忘れてしまって、つい御報告しなかったのです」

聞いてみれば、無理のない話でした。無理がないだけに、賊の計画が、実に機敏に、しかも用意周到に行われたことを、驚かないではいられませんでした。

もう疑う所はありません。ここに立っている野蛮人みたいな醜い顔の男は、怪盗でもなんでもなかったのです。つまらない一人のコックに過ぎなかったのです。そのつまらないコックを捕えるために十数名の警官が、あの大騒を演じたのかと思うと、係長も四人の巡査も、あまりのことに、ただ茫然《ぼうぜん》と顔見合わせる外はありませんでした。

「それから、警部さん、主人があなたにお渡ししてくれといって、こんなものを書いて行ったんですが」

コックの虎吉が、十徳の胸を開いて、もみくちゃになった一枚の紙きれを取出し、係長の前に差出しました。

中村警部は、引ったくるようにそれを受取ると、皺《しわ》を伸ばして、素早く読み下しましたが、読みながら、警部の顔色は、憤怒《ふんぬ》の余り、紫色に変ったかと見えました。そこには次のような馬鹿にしきった文言《もんごん》が、書きつけてあったのです。

小林君によろしく伝えてくれ給え。あれは実に偉い子供だ。僕は可愛くて仕方がないほどに思っている。だが、いくら可愛い小林君のためだって、僕の一身を犠牲にすることは出来ない。勝利に酔っているあの子供には気の毒だが、少々実世間の教訓を与えてやったわけだ。子供の痩腕《やせうで》でこの二十面相に敵対することは、もうあきらめたがよいと伝えてくれ給え。これに懲《こ》りないと、飛んだことになるぞと、伝えてくれ給え。ついでながら、警官諸公に、少しばかり僕の計画を漏らしておく。羽柴氏は少し気の毒になった。もうこれ以上悩ますことはしない。実をいうと、僕はあんな貧弱な美術室に、いつまでも執着しているわけには行かないのだ。僕は忙しい。実は今もっと大きなものに手を染めかけているのだ。それがどのような大事業であるかは、近日諸君の耳にも達することだろう。では、その中《うち》又ゆっくりお目にかかろう。

二十面相より

中村善四郎君

読者諸君、かくして二十面相と小林少年の戦いは、残念ながら、結局怪盗の勝利に終りました。しかも二十面相は、羽柴家の宝庫を貧弱と嘲り、大事業に手を染めているといばっています。彼の大事業とは一体何を意味するのでしょうか。今度こそ、もう小林少年などの手におえないかも知れません。待たれるのは、明智小五郎の帰国です。それもあまり遠いことではありますまい。

アア、名探偵明智小五郎と怪人二十面相の対立、智恵《ちえ》と智恵との一騎討《いっきうち》、その日が待遠しいではありませんか。

美術城

伊豆《いず》半島の修善寺《しゅぜんじ》温泉から四粁《キロ》ほど南、下田《しもだ》街道に沿った山の中に、谷口村《たにぐち》というごく淋《さび》しい村があります。その村はずれの森の中に、妙なお城のような厳《いか》めしい邸《やしき》が建っているのです。

まわりには高い土塀《どべい》を築き、土塀の上にはずっと、先の鋭く尖《とが》った鉄棒を、まるで針の山みたいに植えつけ、土塀の内側には、四米《メートル》幅程の溝が、ぐるっと取りまいていて、青々とした水が流れています。深さも背が立たぬ程深いのです。これはみな人を寄せつけぬための用心です。たとい針の山の土塀を乗り越えても、その中に、とても飛び越すことの出来ないお堀が、掘りめぐらしてあるというわけです。

そして、その真中には、天守閣《てんしゅかく》こそありませんが、全体に厚い白壁造の、窓の小さい、まるで土蔵を幾つも寄せ集めたような、大きな建物が建っています。

その附近の人達は、この建物を「日下部《くさかべ》のお城」と呼んでいますが、無論本当のお城ではありません。こんな小さな村にお城などある筈はないのです。

ではこの馬鹿馬鹿しく用心堅固《ようじんけんご》な建物は、一体何者の住居でしょう。警察のなかった戦国時代なれば知らぬこと、今の世に、どんなお金持だって、これほど用心深い邸宅に住んでいるものはありますまい。

「あすこには、一体どういう人が住んでいるのですか」

旅のものなどが尋ねますと、村人はきまったように、こんな風に答えます。

「あれですかい。あれや、日下部の気違旦那《だんな》のお城だよ。宝物を盗まれるのが怖いといってね、村ともつきあいをしねえ変者《かわりもの》ですよ」

日下部家は先祖代々、この地方の大地主だったのですが、今の左門《さもん》氏の代になって、広大な地所もすっかり人手に渡ってしまって、残るのはお城のような邸宅と、その中に所蔵されている夥《おびただ》しい古名画ばかりになってしまいました。

左門老人は気違のような美術蒐《しゅう》集《しゅう》家《か》だったのです。美術といっても主に古代《こだい》の名画で、雪舟《せっしゅう》とか探幽《たんゆう》とか、小学校の国史《こくし》の本にさえ名の出ている、古来の大名人の作は、殆ど漏れなく集っているといってもいい程でした。何百幅《ぷく》という絵の大部分が、国宝にもなるべき傑作ばかり、価格にしたら数百万円にもなろうという噂《うわさ》でした。

これで、日下部家の邸が、お城のように用心堅固に出来ているわけがお分かりでしょう。左門老人はそれらの名画を、命よりも大事がっていたのです。もしや泥棒に盗まれはしないかと、それればかりが、寝ても醒めても忘れられない心配でした。

堀を掘っても、塀の上に針を植えつけても、まだ安心が出来ません。しまいには、訪問者の顔を見れば、絵を盗みに来たのではないかと疑い出して、正直な村の人達とも、交際をしないようになってしまいました。

そして、左門老人は年中お城の中にとじこもって、集めた名画を眺めながら、殆ど外出もしないのです。美術に熱中するあまり、お嫁さんも貰わず、随《したが》って子供もなく、ただ名画の番人に生まれて来たような生活が、ずっと続いて、いつしか六十の坂を越してしまったのでした。

つまり、老人は美術のお城の、奇妙な城主というわけでした。

今日も老人は、白壁の土蔵のような建物の、奥まった一室で、古今の名画に取り囲まれて、じっと夢みるように坐《すわ》っていました。

戸外には暖かい日光がうらうらと輝いているのですが、用心のために鉄格子をはめた小さい窓ばかりの室内は、まるで牢獄《ろうごく》のように冷たくて、薄暗いのです。

「旦那さま、開けておくんなせえ。お手紙が参りました」

部屋の外に年とった下男の声がしました。広い邸に召使といっては、この爺やとその女房の二人きりなのです。

「手紙？　珍しいな。ここへ持って来なさい」

老人が返事をしますと、重い板戸がガラガラと開いて、主人と同じように皺《しわ》くちゃの爺やが、一通の手紙を手にして入って来ました。

左門老人は、それを受取って、裏を見ましたが、妙なことに差出人の名前がありません。

「誰からだろう。見慣れぬ手だが……」

宛名《あてな》は確かに日下部左門様となっているので、ともかく封を切って、読下《よみくだ》してみました。

「オヤ、旦那さま、どうしただね。何か心配なことが書いてありますだかね」

爺やが思わず頓狂《とんきょう》な叫声を立てました。それ程、左門老人の様子が変ったのです。髭のない皺くちゃの顔が、しなびたように色を失って、歯の抜けた唇がブルブル震え、老眼鏡の中で、小さな目が不安らしく光っているのです。

「イヤ、な、なんでもない。お前には分からんことだ。あっちへ行っていなさい」

震声《ふるえごえ》で叱《しか》りつけるようにいって、爺やを追い返しましたが、なんでもないどころか、老人は気を失って倒れなかったのが不思議な位です。

その手紙には、実に、次のような恐しい言葉が、認《したた》めてあったのですから。


紹介者もなく、突然の申入をお許し下さい。しかし、紹介者などなくても、小生《しょうせい》が何者であるかは、新聞紙上でよく御承知のことと思います。

用件を簡単に申しますと、小生は貴家御秘蔵の古画を、一幅も残さず頂戴する決心をしたのです。来る十一月十五日夜、必ず参上致します。

突然推参して御老体を驚かしてはお気の毒と存じ、予《あらかじ》め御通知します。

二十面相

日下部左門殿

アア、怪盗二十面相は、とうとう、この伊豆の山中の美術蒐集狂に、目をつけたのでした。彼が警官に変装して、戸山ヶ原の隠家《かくれが》を逃亡してから、殆ど一箇月になります。

その間、怪盗がどこで何をしていたか、誰も知るものはありません。恐らく新しい隠家を作り、手下の者達を集めて、第二第三の恐しい陰謀を企《たくら》んでいたのでしょう。そして、先《ま》ず白羽《しらは》の矢《や》を立てられたのが、意外な山奥の、日下部家の美術城でした。

「十一月十五日の夜といえば、今夜だ。アアわしはどうすればよいのじゃ。二十面相に狙《ねら》われたからには、もうわしの宝物はなくなったも同然だ。あいつは、警視庁の力でも、どうすることも出来なかった恐しい盗賊じゃないか。こんな片田舎の警察の手におえるものではない。

アア、わしはもう破滅だ。この宝物をとられてしまう位なら、いっそ死んだ方がましじゃ」

左門老人は、いきなり立上って、じっとしていられぬように、部屋の中をグルグル歩き始めました。

「アア、運のつきじゃ。もうのがれる術《すべ》はない」

いつの間にか、老人の青ざめた皺くちゃな顔が、涙に濡《ぬ》れていました。

「オヤ、あれは何だったかな……、アアわしは思い出したぞ。わしは思い出したぞ。どうして今まで、そこへ気がつかなかったのだろう。

神様はまだこのわしをお見捨てなさらないのじゃ。あの人さえいてくれたら、わしは助るかも知れないぞ」

何を思いついたのか、老人の顔には、にわかに生気がみなぎって来ました。

「オイ作蔵《さくぞう》、作蔵はいないか」

老人は部屋の外へ出て、パンパンと手を叩《たた》きながら、しきりと爺やを呼び立てました。

ただならぬ主人の声に、爺やが駈《か》けつけて来ますと、

「早く、『伊豆日報』を持って来てくれ。たしか一昨日《おととい》の新聞だったと思うが、なんでもいいから三四日分まとめて持って来てくれ。早くだ、早くだぞ」

と、恐しい権幕《けんまく》で命じました。

作蔵が、あわてふためいて、その『伊豆日報』という地方新聞の束を持って来ますと、老人は取る手ももどかしく、一枚一枚と社会面を見てゆきましたが、やっぱり一昨日の十三日の消息欄に、次のような記事が出ていました。

> 明智小五郎氏来修《らいしゅ》
>
> 民間探偵の第一人者明智小五郎氏は、長らく満洲国に出張中であったが、この程使命を果して帰京、旅の疲を休める為に、本日修善寺温泉富士屋旅館に投宿、四五日滞在の予定である。

「これだ。これだ。二十面相に敵対出来る人物は、この明智探偵の外にはない。羽柴家

の盗難事件では、助手の小林とかいう子供でさえ、あれ程の働きをしたんだ。その先生明智探偵ならば、きっとわしの破滅を救ってくれるに違いはないて。どんなことがあっても、この名探偵を引っぱって来なくてはならん」

老人はそんな独言をつぶやきながら、作蔵爺やの女房を呼んで、着物を着更えますと、宝物部屋の岩乗《がんじょう》な板戸をピッタリ閉め、外から鍵《かぎ》をかけ、二人の召使《めしつかい》に、その前で見張番をしているように、固くいいつけて、ソソクサと邸を出かけました。

いうまでもなく、行先は近くの修善寺温泉富士屋旅館です。そこへ行って、明智探偵に面会し、宝物の保護を頼もうというわけです。

アア、待ちに待った名探偵明智小五郎が、とうとう帰って来たのです。しかも、時も時、所も所、まるで申合せでもしたように、丁度二十面相が襲おうという、日下部氏の美術城のすぐ近くに、入湯に来ていようとは、左門老人にとっては、実に願ってもない仕合せといわねばなりません。

名探偵明智小五郎

鼠色《ねずみいろ》のトンビに身を包んだ、小柄の左門老人が、長い坂道をチョコチョコと走らんばかりにして、富士屋旅館に着いたのは、もう午後一時頃でした。

「明智小五郎先生は」

と尋ねますと、裏の谷川へ魚釣りに出かけられましたとの答。そこで、女中を案内に頼んで、又テクテクと、その谷川へ下りて行かなければなりませんでした。

熊笹《くまざさ》などの繁《しげ》った危い道を通って、深い谷間《たにあい》に下りると、美しい水がせせらぎの音を立てて流れていました。

流れの所々に、飛石のように、大きな岩が頭を出しています。その一番大きな平な岩の上に、どてら姿の一人の男が、背を丸くして、垂れた釣竿《つりざお》の先をじっと見つめています。

「あの方が、明智先生でございます」

女中が先に立って、岩の上をピョイピョイと飛びながら、その男の側《そば》へ近づいて行きました。

「先生、あの、このお方が、先生にお目にかかりたいといって、わざわざ遠方からおいでなさいましたのですが」

その声に、どてら姿の男は、うるさそうにこちらを振り向いて、

「大きな声をしちゃいけない。魚が逃げてしまうじゃないか」

と叱りつけました。

モジャモジャに乱れた頭髪、鋭い目、どちらかといえば青白い引きしまった顔、高い

鼻、髭はなくて、キッと力のこもった唇、写真で見覚のある明智名探偵に相違ありません。

「わたしはこういうものですが」

左門老人は名刺をさし出しながら、

「先生に折入ってお願があってお訪ねしたのですが」

と小腰をかがめました。

すると明智探偵は、名刺を受取ることは受取りましたが、よく見もしないでさも面倒臭そうに、

「アアそうですか。で、どんな御用ですか」

といいながら、又釣竿の先へ気をとられています。

老人は女中に先へ帰るようにいいつけて、そのうしろ姿を見送ってから、

「先生、実は今日、こんな手紙を受取ったのです」

と、ふところから例の二十面相の予告状を取出して、釣竿ばかり見ている探偵の顔の前へ突き出しました。

「アア、又逃げられてしまった。……困りますねえ、そんなに釣の邪魔をなすっちゃ。手紙ですって？　一体その手紙が、僕にどんな関係があるとおっしゃるのです」

明智はあくまで無愛想です。

「先生は二十面相と呼ばれている賊を御存じないのですかな」

左門老人は、少々むかっ腹を立てて、鋭くいい放ちました。

「ホウ、二十面相ですか。二十面相が手紙をよこしたとおっしゃるのですか」

名探偵は一向驚く様子もなく、相変らず釣竿の先を見つめているのです。

そこで、老人は仕方なく、怪盗の予告状を、自分で読み上げ、日下部家の「お城」にどのような宝物が秘蔵されているかを、詳しく物語りました。

「アア、あなたが、あの奇妙なお城の御主人でしたか」

明智はやっと興味をひかれたらしく、老人の方へ向き直りました。

「ハイ、そうです。あの古名画類は、わしの命にも換え難い宝物です。明智先生、どうかこの老人を助けて下さい。お願です」

「で、僕にどうしろとおっしゃるのですか」

「すぐにわたしの宅までお越しが願いたいのです。そして、わしの宝物を守って頂きたいのです」

「警察へお届けになりましたか。僕なんかにお話しになるよりも、先ず警察の保護を願うのが順序だと思いますが」

「イヤ、それがですて、こう申しちゃ何だが、わしは警察よりも先生を頼りにしておるのです。二十面相を向こうに廻して、ひけを取らぬ探偵さんは、先生の外にないということをわしは信じておるのです。

それに、ここには小さい警察分署しかありませんから、腕利《うできき》の刑事を呼ぶにしたって、時間がかかるのです。なにしろ二十面相は、今夜わしの所を襲うというのですからね。ゆっくりはしておられません。

丁度その日に、先生がこの温泉に来ておられるなんて、全く神様のお引合せと申すものです。先生、老人が一生のお願です。どうかわしを助けて下さい」

左門老人は、手を合わさんばかりにして、かきくどくのです。

「それ程におっしゃるなら、ともかくお引受けしましょう。二十面相は僕にとっても敵《かたき》です。早く現れてくれるのを、待兼ねていた程です。

では御一緒に参りましょうが、その前に一応は警察とも打合せをしておかなければなりません。宿へ帰って僕から電話をかけましょう。そして、万一の用意に、二三人刑事の応援を頼むことにしましょう。

あなたは一足先へお帰り下さい。僕は刑事と一緒に、すぐに駈けつけます」

明智の口調は、にわかに熱を帯びて来ました。もう釣竿なんか見向きもしないのです。

「有難う、有難う。これでわしも百万の味方を得た思です」

老人は胸なでおろしながら、くり返しくり返しお礼をいうのでした。

不安の一夜

日下部左門老人が、修善寺で傭《やと》った自動車を飛ばして、谷口村の「お城」へ帰ってから、三十分程して、明智小五郎の一行が到着しました。

一行は、ピッタリと身に合う黒の洋服に着更えた明智探偵の外に、背広姿の究竟《くっきょう》な紳士が三人、皆警察分署詰の刑事で、それぞれ肩書つきの名刺を出して、左門老人と挨拶《あいさつ》を交わしました。

老人はすぐさま、四人を奥まった、名画の部屋へ案内して、壁に掛け並べた掛軸や、箱に納めて棚に積み重ねてある、夥しい国宝的傑作を示し、一々その由緒《ゆいしょ》を説明するのでした。

「こりゃどうも、実に驚くべき御蒐集ですねえ。僕も古画は大好きで、暇があると、博物館や寺院の宝物などを見て廻るのですが、歴史的な傑作が、こんなに一室に集っているのを、見たことがありませんよ。

美術好きの二十面相が目をつけたのは、無理もありませんね。僕でも涎《よだれ》が垂れるようですよ」

明智探偵は、感嘆に堪えぬもののように、一つ一つの名画について、讃辞《さんじ》を並べるのでしたが、その批評の言葉が、その道の専門家も及ばぬ程詳しいのには、さすがの左門老人もびっくりしてしまいました。そして、名探偵への尊敬の念が、一入《ひとしお》深くなるのでした。

さて、少し早目に、一同夕食をすませると、愈々《いよいよ》名画守護の部署につくことになりました。

明智はテキパキした口調で、三人の刑事に指図をして、一人は名画室の中へ、一人は表門、一人は裏口に、それぞれ徹夜をして、見張番を勤め、怪しいものの姿を認めたら、直《ただ》ちに呼子《よぶこ》を吹き鳴らすという合図まで定《き》めたのです。

刑事達が銘々の部署につくと、明智探偵は名画室の岩乗な板戸を、外からピッシャリ閉めて、老人に鍵をかけさせてしまいました。

「僕はこの戸の前に、一晩中がんばっていることにしましょう」

名探偵はそういって、板戸の前の畳廊下に、ドッカリ坐りました。

「先生、大丈夫でしょうな。先生にこんなことを申しては失礼かも知れませんが、相手は何しろ、魔法使みたいな奴《やつ》だそうですからね。わしはなんだか、まだ不安心なような気がするのですが」

老人は明智の顔色を見ながら、いいにくそうに尋ねるのです。

「ハハハ……、御心配なさることはありません。僕はさっき十分調べたのですが、部屋の窓には厳重な鉄格子《てつごうし》がはめてあるし、壁は厚さが三十糎《センチ》もあって、ちっとやそっとで破れるものではないし、部屋の真中には刑事君が、目を見張っているんだし、その上、たった一つの出入口には、僕自身ががんばっているんですからね。これ以上用心のしようはない位ですよ。

あなたは安心して、おやすみなすった方がいいでしょう。ここにおいでになっても、同じことですからね」

明智が勧めても、老人はなかなか承知しません。

「イヤ、わしもここで徹夜することにしましょう。寝床へ入ったって、眠られるものではありませんからね」

そういって、探偵の側《かたわら》へ坐りこんでしまいました。

「なるほど、では、そうなさる方がいいでしょう。僕も話相手が出来て好都合です。絵画論でも戦わしましょうかね」

さすがに百戦練磨の名探偵、憎らしい程落ちつきはらっています。

それから、二人は楽な姿勢になって、ボツボツ古名画の話を始めたものですが、しゃべるのは明智ばかりで、老人はソワソワと落ちつきがなく、ろくろく受け答えも出来ない有様です。

左門老人には、一年もたったかと思われる程、長い長い時間のあとで、やっと、十二時がうちました。真夜中です。

明智は時々、板戸越しに、室内の刑事に声をかけていましたが、その都度、中からハッキリした口調で、異状はないという返事が聞えて来ました。

「アーア、僕は少し眠くなって来た」

明智はあくびをして、

「二十面相の奴、今夜はやって来ないかも知れませんよ。こんな厳重な警戒の中へ飛込んで来る馬鹿《ばか》もないでしょうからね。……御老人、いかがです眠けざましに一本、満洲ではこんな贅沢《ぜいたく》なやつを、スパスパやっているんですよ」

と、巻煙草入れ《シガレット・ケース》をパチンと開いて、自分も一本つまんで、老人の前に差出すのでした。

「そうでしょうかね。今夜は来ないでしょうかね」

左門老人は、差出されたエジプト煙草《たばこ》を取りながら、まだ不安らしくいうのです。

「イヤ、御安心なさい。あいつは決して馬鹿じゃありません。僕がここにがんばっていると知ったら、まさかノコノコやって来る筈はありませんよ」

それから暫《しばら》く言葉が途絶えて、二人はてんでの考え事をしながら、おいしそうに煙草を喫《す》っていましたが、それがすっかり灰になった頃、明智は又あくびをして、

「僕は少し眠りますよ。あなたもおやすみなさい。ナーニ、大丈夫です。武士は轡《くつわ》の音に目を醒《さ》ますっていいますが、僕は職業柄、どんな忍足の音にも目を醒ますのです。心

まで眠りはしないのですよ」

そんなことをいったかと思うと、板戸の前に長々と横になって、目をふさいでしまいました。そして、間もなく、スヤスヤとおだやかな寝息が聞え始めたのです。

あまり慣れきった探偵の仕種《しぐさ》に、老人は気が気ではありません。眠るどころか、益々《ますます》耳を欹《そばだ》てて、どんな微《かす》かな物音も聞漏らすまいと、一生懸命でした。

何か妙な音が聞えて来るような気がします。耳鳴かしら。それとも近くの森の梢《こずえ》に当る風の音かしら。

そうして、耳をすましていますと、しんしんと夜の更《ふ》けて行くのが、ハッキリ分かるようです。

頭の中が、だんだん空っぽになって、目の前が靄《もや》のようにかすんでゆきます。

ハッと気がつくと、その薄白い靄の中に、目ばかり光らした黒装束の男が、朦朧《もうろう》と立ちはだかっているではありませんか。

「アッ、明智先生、賊です、賊です」

思わず大声を上げて、寝ている明智の肩を揺すぶりました。

「何です。騒々しいじゃありませんか。どこに賊がいるんです。夢でもごらんになったのでしょう」

探偵は身動きもせず、叱りつけるようにいうのでした。

なるほど、今のは夢か、それとも幻だったのかも知れません。いくら見廻しても、黒装束の男など、どこにもいはしないのです。

老人は少しきまりが悪くなって、無言のまま元の姿勢に戻り、又耳をすましましたが、すると、さっきと同じように、頭の中がスーッと空っぽになって、目の前に靄がむらがり始めるのです。

その靄が少しずつ濃くなって、やがて、黒雲のように真暗になってしまうと、身体《からだ》が深い深い地の底へでも落ち込んで行くような気持がして、老人はいつしかウトウトと眠ってしまいました。

どの位眠ったのか、その間中、まるで地獄へでも墜《お》ちたような、恐しい夢ばかり見つづけながら、ふと目を醒ましますと、びっくりしたことには、あたりがすっかり明るくなっているのです。

「アアわしは眠ったんだな。しかし、あんなに気を張りつめていたのに、どうして寝たりなんぞしたんだろう」

左門老人は我ながら不思議で仕方がありませんでした。

見ると、明智探偵は昨夜のままの姿で、まだスヤスヤと眠っています。

「アア、助った。それじゃ二十面相は、明智探偵に恐をなして、とうとうやって来なかったとみえる。有難い、有難い」

老人はホッと胸なでおろして、静かに探偵を揺り起しました。

「先生起きて下さい。もう夜が明けましたよ」

明智はすぐ目を醒まして、

「アー、よく眠ってしまった。……ハハハ……、ごらんなさい。何事もなかったじゃありませんか」

といいながら、大きな伸《のび》をするのでした。

「見張番の刑事さんも、さぞ眠いでしょう。もう大丈夫ですから、御飯でも差上げて、ゆっくりやすんで頂こうじゃありませんか」

「そうですね。では、この戸を開けて下さい」

老人はいわれるままに、懐中から鍵を取出して、締りをはずし、ガラガラと板戸を開きました。

ところが、戸を開いて、部屋の中を一目見たかと思うと、老人の口から「ギャーッ」という、まるで絞め殺されるような叫声がほとばしったのです。

「どうしたんです。どうしたんです」

明智も驚いて立上り、部屋の中を覗《のぞ》きました。

「あ、あれ、あれ……」

老人は口をきく力もなく、妙な片言をいいながら、震える手で、室内を指さしています。

見ると、アア、老人の驚きも決して無理ではなかったのです。部屋の中の古名画は、壁にかけてあったのも、箱に納めて棚に積んであったのも、一つ残らず、まるでかき消すようになくなっているではありませんか。

番人の刑事は、畳の上に打ちのめされたように倒れて、なんというざまでしょう。グウグウ高鼾《たかいびき》をかいているのです。

「せ、先生、ぬ、ぬ、盗まれました。アア、わしは、わしは、……」

左門老人は、一瞬間に十年も年を取ったような、すさまじい顔になって、明智の胸ぐらを取らんばかりです。

悪魔の智恵

アア、又しても有り得ないことが起ったのです。二十面相という奴は、人間ではなくて、えたいの知れないお化《ばけ》です。まったく不可能なことを、こんなに易々《やすやす》とやってのけるのですからね。

明智はツカツカと部屋の中へ入って行って、鼾をかいている刑事の腰の辺を、いきなり蹴飛《けと》ばしました。賊の為《ため》にだしぬかれて、もうすっかり腹を立てている様子でした。

「オイ、オイ、起き給《たま》え。僕は君に、ここでお寝み下さいって頼んだんじゃないんだぜ。見給え、すっかり盗まれてしまったじゃないか」

刑事はやっと身体を起しましたが、まだ夢うつつの有様です。

「ウ、ウ、何を盗まれたんですって？　アア、すっかり眠ってしまった。……オヤ、ここはどこだろう」

寝ぼけた顔で、キョロキョロ部屋の中を見廻す始末です。

「しっかりし給え。アア、わかった。君は麻酔剤でやられたんじゃないか。思い出して見給え、昨夜どんなことがあったか」

明智は刑事の肩を摑《つか》んで、乱暴にゆすぶるのでした。

「こうっと、オヤ、アア、あんた明智さんですね。アア、ここは日下部の美術城だった。しまった。僕はやられたんですよ。そうです、麻酔剤です。昨夜真夜中に、黒い影のようなものが、僕のうしろへ忍びよったのです。そして、そして、何か柔らかい厭《いや》な匂《におい》のするもので、僕の鼻と口をふさいでしまったんです。それっきり、それっきり、僕は何もわからなくなってしまったんです」

刑事はやっと目の覚めた様子で、さも申訳なさそうに、空っぽの絵画室を見廻すのでした。

「やっぱりそうだった。じゃあ表門と裏門を守っていた刑事諸君も、同じ目に遭っているかも知れない」

明智は独言をいいながら、部屋を駈け出して行きましたが、しばらくすると、台所の方で大声に呼ぶのが聞えて来ました。

「日下部さん、ちょっと来て下さい」

何事かと、老人と刑事とが、声のする方へ行って見ますと、明智は下男部屋の入口に立って、その中を指さしています。

「表門にも裏門にも、刑事君たちの影も見えません。それればかりじゃない。ごらんなさい、可哀《かわい》そうに、この始末です」

見ると、下男部屋の隅っこに、作蔵爺やとそのおかみさんとが、高手小手に縛られ、猿轡まで噛《か》まされて、ころがっているではありませんか。無論賊の仕業です。邪魔だてをしないように、二人の召使を縛りつけておいたのです。

「アア、何ということじゃ。明智さん、これは何ということです」

日下部老人は、もう半狂乱の体《てい》で、明智につめよりました。命よりも大切に思っていた宝物が、夢のように一夜の内に消え失《う》せてしまったのですから、無理もないことです。

「イヤ、何とも申し上げようもありません。二十面相がこれほどの腕前とは知りませんでした。相手をみくびっていたのが失策でした」

「失策？　明智さん、あんたは失策ですむじゃろうが、このわしは一体どうすればよいのです。……名探偵、名探偵と評判ばかりで、なんだこのざまは……」

老人は真青になって、血走った目で明智を睨《にら》みつけて、今にも飛びかからんばかりの権幕《けんまく》です。

明智はさも恐縮したように、さしうつむいていましたが、やがて、ヒョイと上げた顔を見ますと、これはどうしたというのでしょう、名探偵は笑っているではありませんか。その笑が顔一面に広がって行って、しまいにはもうおかしくておかしくて堪《たま》らぬというように、大きな声を立てて、笑い出したではありませんか。

日下部老人はあっけにとられてしまいました。明智は賊に出し抜かれた口惜《くや》しさに、気でも違ったのでしょうか。

「明智さん、あんた何がおかしいのじゃ。コレ、何がおかしいのじゃというに」

「ワハハハ……、おかしいですよ。名探偵明智小五郎、ざまはないですね。まるで赤子の手をねじるように、易々とやられてしまったじゃありませんか。二十面相という奴は偉いですねえ。僕はあいつを尊敬しますよ」

明智の様子はいよいよ変です。

「コレ、コレ、明智さん、どうしたもんじゃ、賊をほめ立てている場合ではない。チェッ、これはまあ何というざまだ。アア、それに、作蔵たちをこのままにして置いては可哀そうじゃ、刑事さん、ボンヤリしていないで、早く縄をといてやって下さい。猿轡もはずこて、そうすれば作蔵の口から賊の手掛りもつくというもんじゃないか」

明智が一向たよりならぬものですから、あべこべに、日下部老人が探偵みたいに指図をする始末です。

「サア、御老人の命令だ、縄をといてやり給え」

明智が刑事に妙な目くばせをしました。

すると、今までボンヤリしていた刑事が、にわかにシャンと立直って、ポケットから一束の捕縄《ほじょう》を取り出したかと思うと、いきなり日下部老人のうしろに廻って、パッと縄をかけ、グルグルと縛り始めました。

「コレ、何をする。アア、どいつもこいつも気違ばかりじゃ。わしを縛ってどうするのだ。わしを縛るのではない。そこにころがっている二人の縄をとくのじゃ。コレ、わしではないというに」

しかし、刑事は一向手をゆるめようとはしません。無言のまま、とうとう老人を高手小手に縛り上げてしまいました。

「コレ、気違め。コレ、何をする。ア、痛い痛い。痛いというに。明智さん、あんた何を笑っているのじゃ。とめて下さらんか。この男は気が違ったらしい。早く縄をとくようにいって下さい。コレ明智さんというに」

老人は何が何だかわけがわからなくなってしまいました。皆揃《そろ》って気違になったのでしょうか。でなければ、事件の依頼者を縛り上げるなんて法はありません。又それを見て、探偵がニヤニヤ笑っているなんて馬鹿なことはありません。

「御老人、誰をお呼びになっているのです。明智とかおっしゃったようですが」

明智自身が、こんなことをいい出したのです。

「何を冗談をいっているのじゃ。明智さん、あんた、まさか自分の名を忘れたのではあるまい」

「この僕がですか。この僕が明智小五郎だとおっしゃるのですか」

明智はすまして、いよいよ変なことをいうのです。

「きまっておるじゃないか。何を馬鹿なことを……」

「ハハハ……、御老人、あなたこそ、どうかなすったんじゃありませんか。ここには明智なんて人間は、いやしませんぜ」

老人はそれを聞くと、ポカンと口をあけて、狐《きつね》にでもつままれたような顔をしました。あまりのことに急には口もきけないのです。

「御老人、あなたは以前に明智小五郎とお会いになったことがあるのですか」

「会ったことはない。じゃが、写真を見てよく知っておりますわい」

「写真？　写真ではちと心細いですねえ。その写真に僕が似ているとでもおっしゃるのですか」

「…………」

「御老人、あなたは二十面相がどんな人物かということを、お忘れになっていたのですね。二十面相、ホラ、あいつは変装の名人だったじゃありませんか」

「そ、それじゃ、き、きさまは……」

老人はやっと、事の次第がのみこめて来ました。そして、愕然《がくぜん》として色を失ったのでした。

「ハハハ……、おわかりになりましたかね」

「イヤ、イヤ、そんな馬鹿なことがある筈《はず》はない。わしは新聞を見たのじゃ。『伊豆日報』にちゃんと『明智探偵来修』と書いてあった。それから、富士屋の女中がこの人だと教えてくれた。どこにも間違はない筈じゃ」

「ところが大間違があったのですよ。なぜって、明智小五郎はまだ満洲から帰りゃしないのですからね」

「新聞が嘘《うそ》を書く筈はない」

「ところが、嘘を書いたのですよ。社会部の一人の記者がこちらの計略にかかってね、編輯長《へんしゅうちょう》に嘘の原稿を渡したってわけですよ」

「フン、それじゃ刑事はどうしたんじゃ。まさか警察が偽《にせ》の明智探偵にごまかされる筈はあるまい」

老人は、目の前に立ちはだかっている男を、あの恐しい二十面相だとは信じたくなかったのです。無理にも明智小五郎にして置きたかったのです。

「ハハハ……、御老人、まだそんなことを考えているのですか。血のめぐりが悪いじゃありませんか。刑事ですって？　ア、この男ですが、それから表門裏門の番をした二人ですが、ハハハ……、なにね、僕の子分がちょいと刑事のまねをしただけですよ」

老人はもう信じまいとしても信じないわけには行きませんでした。明智小五郎とばかり思い込んでいた男が、名探偵どころか、大盗賊だったのです。恐れに恐れていた怪盗二十面相その人だったのです。アア、何という飛切《とびきり》の思いつきでしょう、探偵が即《すなわ》ち盗賊だったなんて。日下部老人は、人もあろうに二十面相に宝物の番人を頼んだわけでした。

「御老人、昨夜のエジプト煙草の味は如何《いかが》でした。ハハハ……、思い出しましたか。あの中にちょっとした薬が仕掛けてあったのですよ。二人の刑事が部屋へ入って、荷物を運び出し、自動車へ積みこむ間、御老人に一眠《ひとねむり》してほしかったものですからね。あの部屋へどうして入ったかとおっしゃるのですか。ハハハ……、わけはありませんよ。あなたのふところから、ちょっと鍵を拝借すればよかったのですからね」

二十面相はまるで世間話でもしているように、おだやかな言葉を使いました。しかし、老人にして見れば、いやに丁寧すぎるその言葉使が、一層腹立たしかったに違いありません。

「では、僕達は急ぎますから、これで失礼します。美術品は十分注意して、大切に保管するつもりですから、どうか御安心下さい。では、左様なら」

二十面相は、丁寧に一礼して、刑事に化けた部下を従え、悠然とその場を立去りました。

可哀そうな老人は、何かわけのわからぬことをわめきながら、賊の後を追おうとしましたが、身体中をグルグル巻にした縄の端が、そこの柱に縛りつけてあるので、ヨロヨロと立上ってはみたものの、すぐバッタリと倒れてしまいました。そして、倒れたまま、くやしさと悲しさに、歯ぎしりを嚙み、涙さえ流して、身もだえするのでありました。

巨人と怪人

美術城の事件があってから半月ほどたったある日の午後、東京駅のプラットフォームの人ごみの中に、一人の可愛《かわい》らしい少年の姿が見えました。外ならぬ小林芳雄君です。読者諸君にはおなじみの明智探偵の少年助手です。

小林君はキチンと折目のついた紺色の詰襟服に同じ色のオーバーを着て、よく似合う鳥打帽を冠《かぶ》って、ピカピカ光る靴をコツコツいわせながら、プラットフォームを行ったり来たりしています。手には、一枚の新聞紙を棒のように丸めて握っています。読者諸君、実はこの新聞には二十面相に関するある驚くべき記事が載っているのですが、しかし、それについては、もう少しあとでお話ししましょう。

小林少年が東京駅へやって来たのは、先生の明智小五郎を出迎える為でした。名探偵は今度こそ本当に満洲から帰って来るのです。

明智は満洲国の招きに応じて、ある重大な事件に関係し、見事に成功を収めて帰って来るのですから、いわば凱旋《がいせん》将軍です。本来なれば、外務省や陸軍省などから、大勢の出迎えがある筈ですが、明智はそういう仰々《ぎょうぎょう》しいことが大嫌いでしたし、探偵という職業上、出来るだけ人目につかぬ心掛をしなければなりませんので、公《おおやけ》の方面には態《わざ》と通知をしないで、ただ自宅だけに東京着の時間を知らせておいたのでした。それも、いつも明智夫人は出迎えを遠慮して、小林少年が出かけるならわしになっていました。

小林君はしきりと腕時計を眺めています。もう五分たつと、待ちかねた明智先生の汽車が到着するのです。殆《ほとん》ど三月ぶりでお会いするのです。懐《なつ》かしさに、なんだか胸がワクワクするようでした。

ふと気がつくと、一人の立派な紳士が、ニコニコ笑顔を作りながら、小林少年に近づいて来ました。

鼠色の暖かそうなオーバー・コート、籐《とう》のステッキ、半白《はんぱく》の頭髪、半白の口髭《くちひげ》、デップリ太った顔に、鼈甲縁《べっこうぶち》の眼鏡が光っています。先方ではニコニコ笑いかけていますけれど、小林君は全く見知らぬ人でした。

「もしや君は、明智さんのところの方じゃありませんか」

紳士は太いやさしい声で尋ねました。

「エエ、そうですが……」

けげん顔の少年の顔を見て、紳士はうなずきながら、

「わたしは、外務省の辻野《つじの》という者だが、この列車で明智さんが帰られることがわかったものだから、非公式にお出迎えに来たのですよ。少し内密の用件もあるのでね」

と説明しました。

「アア、そうですか。僕、先生の助手の小林っていうんです」

帽子をとって、お辞儀しますと、辻野氏は一層にこやかな顔になって、

「アア、君の名は聞いていますよ。実はいつか新聞に出た写真で、君の顔を見覚えていたものだから、こうして声をかけたのですよ。二十面相との一騎討は見事でしたねえ。君の人気は大したものですよ。私のうちの子供達も大の小林ファンです。ハハハ……」

と、しきりに褒め立てるのです。

小林君は少し恥ずかしくなって、パッと顔を赤くしないではいられませんでした。

「二十面相といえば、修善寺では明智さんの名前をかたったりして、随分思い切ったま

ねをするね。それに、今朝の新聞では、いよいよ帝国博物館を襲うのだっていうじゃないか。実に警察を馬鹿にし切った、あきれた態度だ。決してうっちゃってはおけませんよ。あいつを叩きつぶす為だけにでも、明智さんが帰って来られるのを、僕は待ちかねていたんだ」

「エエ、僕もそうなんです。僕一生懸命やってみましたけれど、とても僕の力には及ばないのです。先生に敵討をしてほしいと思って、待ちかねていたんです」

「君が持っている新聞は今朝の？」

「エエ、そうです。博物館を襲うっていう予告状ののっている新聞です」

小林君はそういいながら、その記事ののっている箇所を広げて見せました。社会面の半分程が二十面相の記事で埋《うず》まっているのです。その意味をかいつまんで記《しる》しますと、昨日二十面相から帝国博物館長に宛てて速達便が届いたのですが、それには、博物館所蔵の美術品を一点も残らず頂戴《ちょうだい》するという、実に驚くべき宣告文が認《したた》めてあったのです。例によって十二月十日という盗み出しの日附《ひづけ》までちゃんと明記してあるではありませんか。十二月十日といえば、余すところ、もう九日間しかないのです。

怪人二十面相の恐るべき野心は、頂上に達したように思われます。あろうことかあるまいことか、国家を相手にして戦おうというのです。今まで襲ったのは皆個人の財宝で、憎むべき仕業には違いありませんが、世に例のないことではありません。しかし、博物館を襲うというのは、国家の所有物を盗むことになるのです。昔から、こんな大それた泥棒をもくろんだものが、一人だってあったでしょうか。大胆とも無謀ともいいようのない恐しい盗賊です。

しかし、考えてみますと、そんな無茶なことが、一体出来ることでしょうか。博物館といえば、何十人というお役人が詰めているのです。守衛もいます。お巡さんもいます。その上、こんな予告をしたんでは、どれだけ警戒が厳重になるかも知れません。博物館全体をお巡さんの人垣で取囲んでしまうようなことも、起らないとはいえません。

アア、二十面相は気でも狂ったのではありますまいか。それとも、あいつには、このまるで不可能としか考えられないことをやってのける自信があるのでしょうか。人間の智恵《ちえ》では想像も出来ないような、悪魔のはかりごとがあるとでもいうのでしょうか。

さて、二十面相のことはこの位にとどめ、私達は明智名探偵を迎えなければなりません。

「アア、列車が来たようだ」

辻野氏が注意するまでもなく、小林少年はプラットフォームの端へ飛んで行きました。出迎えの人垣の前列に立って、左の方を眺めますと、明智探偵をのせた急行列車の電気機関車は、刻一刻その形を大きくしながら近づいて来ます。

サーッと空気が震動して、黒い鋼鉄の箱が目の前を掠《かす》めました。チロチロと過ぎて行く客車の窓の顔、ブレーキのきしりと共に、やがて列車が停止しますと、一等車の昇降口に、懐かしい懐かしい明智先生の姿が見えました。黒い背広に、黒い外套《がいとう》、黒のソフト帽という、黒ずくめのいでたちで、早くも小林少年に気づいて、ニコニコしながら手招をしているのです。

「先生、お帰りなさい」

小林君は嬉《うれ》しさに、もう無我夢中になって、先生の側へ駈けよりました。

明智探偵は赤帽に幾つかのトランクを渡すと、プラットフォームへ降り立ち、小林君の方へよって来ました。

「小林君、いろいろ苦労をしたそうだね。新聞ですっかり知っているよ。でも無事でよかった」

アア、三月ぶりで聞く先生の声です。小林君は上気した顔で名探偵をじっと見ながら、一層その側へより添いました。そしてどちらからともなく手が延びて、師弟の固い握手が交わされたのでした。

その時、外務省の辻野氏が、明智の方へ歩みよって、肩書つきの名刺を差出しながら、声をかけました。

「明智さんですか、かけ違ってお目にかかっていませんが、私はこういうものです。実はこの列車でお帰りのことを、ある筋から耳にしたものですから、急に内密でお話ししたいことがあって、出向いて来たのです」

　明智は名刺を受取ると、なぜか考えごとでもするように、しばらくそれを眺めていましたが、やがて、ふと気を変えたように、快活に答えました。

「アア、辻野さん、そうですか。お名前はよく存じています。実は僕も一度帰宅して、着更をしてから、すぐに外務省の方へ参るつもりだったのですが、わざわざお出迎を受けて恐縮でした」

「お疲れのところを何ですが、もしお差支《さしつかえ》なければ、ここの鉄道ホテルで、お茶を飲みながらお話ししたいのですが、決してお手間は取らせません」

「鉄道ホテルですか。ホウ、鉄道ホテルでね」

　明智は辻野氏の顔をじっと見つめながら、何か感心したようにつぶやきましたが、

「エエ、僕はちっとも差支ありません。では、お供しましょう」

　それから、少し離れたところに待っていた小林少年に近づいて、何か小声に囁《ささや》いてから、

「小林君、ちょっとこの方とホテルへ寄ることにしたからね、君は荷物をタクシーにのせて、一足先に帰ってくれ給え」

　と命じるのでした。

「エエ、では僕先へ参ります」

小林君が赤帽のあとを追って、駈け出して行くのを見送りますと、名探偵と辻野氏とは肩を並べ、さも親しげに話し合いながら、地下道を抜けて、停車場の二階にある鉄道ホテルへ上って行きました。

予《あらかじ》め命じてあったものと見え、ホテルの最上等の一室に、客を迎える用意が出来ていて、恰幅《かっぷく》のよいボーイ長が、うやうやしく控えています。

二人が立派な織物で覆《おお》われた丸テーブルをはさんで、安楽椅子《いす》に腰をおろしますと、待ち構えていたように、別のボーイが茶菓を運んで来ました。

「君、少し密談があるから、席をはずしてくれ給え。ベルを押すまで誰も入って来ないように」

辻野氏が命じますと、ボーイ長は一礼して立去りました。しめきった部屋の中に、二人きりのさし向かいです。

「明智さん、僕はどんなにか君に会いたかったでしょう。一日千秋の思で待ちかねていたのですよ」

辻野氏はいかにも懐かしげに、ほほえみながら、しかし目だけは鋭く相手を見つめて、こんな風に話しはじめました。

明智は安楽椅子のクッションに深々と身を沈め、辻野氏におとらぬにこやかな顔で答えました。

「僕こそ、君に会いたくて仕方がなかったのです。汽車の中で、丁度こんなことを考えていたところでしたよ。ひょっとしたら、君が停車場へ迎えに来ていてくれるんじゃないかとね」

「さすがですねえ。すると、君は僕の本当の名前も御存じでしょうねえ」

辻野氏の何気ない言葉には、恐しい力がこもっていました。興奮の為に、椅子の肘掛《ひじかけ》にのせた左手の先が、幽《かす》かに震えていました。

「少くとも、外務省の辻野氏でないことは、あのまことしやかな名刺を見た時からわかっていましたよ。本名といわれると、僕も少し困るのですが、新聞なんかでは、君のことを怪人二十面相と呼んでいるようですね」

明智は平然として、この驚くべき言葉を語りました。アア、読者諸君、これが一体本当のことでしょうか。盗賊が探偵を出迎えるなんて、探偵の方でも、とっくにそれと知りながら、賊の誘《さそい》にのり、賊のお茶をよばれるなんて、そんな馬鹿馬鹿しいことが起り得るものでしょうか。

「明智君、君は僕が想像していた通りの方でしたよ。最初僕を見た時から気づいていて、気づいていながら僕の招待に応じるなんて、シャーロク・ホームズにだって出来ない芸当です。僕は実に愉快ですよ。なんて生甲斐《いきがい》のある人生でしょう。アア、この興奮の一ときの為に、僕は生きていてよかったと思う位ですよ」

辻野氏に化けた二十面相は、まるで明智探偵を崇拝しているかのようにいうのでした。しかし、油断は出来ません。彼は国中を敵に廻している大盗賊です。殆ど死物狂の冒険を企てているのです。そこには、それだけの用意がなくてはなりません。ごらんなさい。辻野氏の右手は、洋服のポケットに入れられたまま、一度もそこから出ないではありませんか。一体ポケットの中で何を握っているのでしょう。

「ハハハ……、君は少し興奮しすぎているようですね。僕には、こんなことは一向珍しくもありませんよ。だが、二十面相君、君には少しお気の毒ですね。僕が帰って来たので、折角の君の大計画も無駄になってしまったのだから。僕が帰って来たからには、博物館の美術品には一指もそめさせませんよ。又、伊豆の日下部家の宝物も、君の所有品にはしておきませんよ。いいですか、これだけはハッキリ約束しておきます」

そんな風にいうものの、明智もなかなか楽しそうでした。深く吸い込んだ煙草の煙を、フーッと相手の面前に吹きつけて、ニコニコ笑っています。

「それじゃ、僕も約束しましょう」

二十面相もまけてはいませんでした。

「博物館の所蔵品は、予告の日には必ず奪い取ってお目にかけます。それから、日下部家の宝物……ハハハ……、あれが返せるものですか。なぜって、明智君、あの事件では、君も共犯者だったじゃありませんか」

――共犯者？　アア　成程ねえ。君はなかなか洒落《しやれ》がうまいねえ。ハハハ……」

互に相手を亡ぼさないではやまぬ、烈《はげ》しい敵意に燃えた二人、大盗賊と名探偵は、まるで親しい友達のように談笑しております。しかし、二人とも、心の中は、寸分の油断もなくはり切っているのです。

これ程の大胆な仕業をする賊のことですから、その裏面にはどんな用意が出来ているかわかりません。恐しいのは賊のポケットのピストルだけではないのです。最前《さいぜん》の一癖ありげなボーイ長も、賊の手下でないとは限りません。その外にも、このホテルの中には、どれほど賊の手下がまぎれ込んでいるか、知れたものではないのです。

今の二人の立場は剣道の達人と達人とが、白刃《はくじん》を構えて睨み合っているのと、少しも変りはありません。気力と気力の戦いです。鵜《う》の毛程の油断がたちどころに勝負を決してしまうのです。

二人は益々愛嬌《あいきよう》よく話しつづけています。顔はにこやかに笑みくずれています。しかし、二十面相の額には、この寒いのに、汗の玉が浮いていました。二人とも、その目だけは、まるで火のように爛々《らんらん》と燃え輝いていました。

トランクとエレベーター

探偵はプラットフォームで賊を捕らえようと思えば、何の訳もなかったのです。どうしてこの好機会を見逃してしまったのでしょう。読者諸君はくやしく思っていらっしゃるかも知れませんね。

しかし、これは名探偵の自信がどれ程強いかを語るものです。賊を見くびっていればこそ、こういう放業《はなれわざ》が出来るのです。探偵は博物館の宝物《ほうもつ》には、賊の一指をも染めさせない自信がありました。例の美術城の宝物《たからもの》も、その外の数え切れぬ盗難品も、すっかり取返す信念がありました。

それには、今賊を捕らえてしまっては、かえって不利なのです。二十面相には多くの手下があります。もし首領が捕らえられたならば、その部下のものが、盗みためた宝物を、どんな風に処分してしまうか、知れたものではないからです。逮捕はその大切な宝物の隠し場所を確かめてからでもおそくはありません。

そこで折角出迎えてくれた賊を失望させるよりは、いっそその誘《さそい》に乗ったと見せかけ、二十面相の智恵の程度を試してみるのも、一興《いっきょう》であろうと考えたのでした。

「明智君、今の僕の立場というものを、一つ想像して見給え。君は僕を捕らえようと思えば、いつだって出来るのですぜ。ホラ、そこのベルを押せばいいのだ。そしてボーイにお巡さんを呼んで来いと命じさえすればいいのだ。ハハハ……、なんてすばらしい冒険だ。この気持、君に分かりますか。命がけですよ。僕は今何十米《メートル》とも知れぬ絶壁のとっぱなに立っているのですよ」

二十面相はあくまで不敵です。そういいながら、目を細くして探偵の顔を見つめ、さもおかしそうに大声に笑い出すのでした。

「ハハハ……」

明智小五郎も負けないで大笑をしました。

「君、なにもそうビクビクすることはありゃしない。君の正体を知りながら、ノコノコここまでやって来た僕だもの、今君を捕らえる気なんか少しもないのだよ。僕はただ有名な二十面相君と、ちょっと話してみたかっただけさ。ナアニ、君を捕らえることなんか、急ぐことはありゃしない。博物館の襲撃まで、まだ九日間もあるじゃないか。マアゆっくり君の無駄骨折《むだぼねおり》を拝見するつもりだよ」

「アア、さすがは名探偵だねえ。太っ腹だねえ。僕は君に惚《ほ》れ込んでしまったよ。……ところでと、君の方で僕を捕らえないとすれば、どうやら僕の方で君を虜《とりこ》にすることになりそうだねえ」

二十面相はだんだん声の調子を凄《すご》くしながら、ニヤニヤと薄気味悪く笑うのでした。

「明智君、怖くはないかね。それとも君は、僕が無意味に君をここへ連れ込んだとでも思っているのかい。僕の方に何の用意もないと思っているのかね。僕が黙って君をこの部屋から外へ出すとでも勘違しているのじゃないのかね」

「サア、どうだかねえ。君がいくら出さないといっても、僕は無論ここを出て行くよ。これから外務省と陸軍省へ行かなければならない忙しい身体だからね」

明智はいいながら、ゆっくり立上って、ドアとは反対の窓へ歩いて行きました。そして、なにか景色でも眺めるように、呑気《のんき》らしく、ガラス越しに窓の外を見やって、軽いあくびをしながら、ハンカチを取出して、顔を拭《ぬぐ》っております。

その時、いつの間にベルを押したのか、最前の岩乗なボーイ長と、同じく屈強なもう一人のボーイとが、ドアを開けてツカツカと入って来ました。そして、テーブルの前で、軍人のように直立不動の姿勢をとりました。

「オイ、オイ、明智君、君は僕の力をまだよく知らないようだね。ここは鉄道ホテルだからと思って安心しているのじゃないかね。ところがね、君、例えばこの通りだ」

二十面相はそういっておいて、二人の大男のボーイの方を振向きました。

「君達、明智先生に御挨拶《ごあいさつ》申し上げるんだ」

すると、二人の男は、忽《たちま》ち二匹の野獣のような物凄い相好《そうごう》になって、いきなり明智を目がけて突き進んで来ます。

「待ち給え、僕をどうしようというのだ」

明智は窓を背にしてキッと身構えました。

「分からないかね。ホラ、君の足元をごらん。僕の荷物にしては少し大きすぎるトランタが置いてあるじゃないか。中は空っぽだぜ。つまり君の棺桶《かんおけ》なのさ。この二人のボーイ君が、君を今、そのトランクの中へ埋葬しようって訳さ。ハハハ……。

さすがの名探偵もちっとは驚いたかね。僕の部下のものがホテルのボーイに入り込んでいようとは少し意外だったねえ。

イヤ、君、声を立てたって無駄だよ。両隣とも、僕の借切の部屋なんだ。それから念のためにいっておくがね、ここにいる僕の部下は二人きりじゃない。邪魔の入らないように、廊下にもちゃんと見張番がついているんだぜ」

アア、何という不覚でしょう。名探偵はまんまと敵の罠《わな》に陥ったのです。それと知りながら、好んで火の中へ飛び込んだようなものです。これ程用意が整っていては、もう遁《のが》れるすべはありません。

血の嫌いな二十面相のことですから、まさか命を奪うようなことはしないでしょうけれど、何といっても、賊にとっては警察よりも邪魔になる明智小五郎です。トランクの中へとじこめて、どこか人知れぬ場所へ運び去り、博物館の襲撃を終るまで、虜にしておこうという考えに違いありません。

二人の大男は問答無益とばかり、明智の身辺に迫って来ましたが、今にも飛びかかろうとして、ちょっとためらっております。名探偵の身に備わる威力にうたれたのです。でも、力では二人に一人、イヤ、三人に一人なのですから、明智小五郎がいかに強くても、敵《かな》いっこはありません。ああ、彼は帰朝早々、はやくもこの大盗賊の虜となり、探偵にとって最大の恥辱《ちじょく》を受けなければならない運命なのでしょうか。ああ、本当にそうなのでしょうか。

しかし、ごらんなさい。我らの名探偵は、この危急に際しても、やっぱりあのほがらかな笑顔をつづけているではありませんか。そして、その笑顔が、おかしくてたまらないというように、だんだんくずれて来るではありませんか。

「ハハハ……」

笑い飛ばされて、二人のボーイは、狐にでもつままれたように、口をポカンとあいて、立ちすくんでしまいました。

「明智君、空威張《からいばり》はよしたまえ。何がおかしいんだ。それとも君は、恐しさに気でも違ったのか」

二十面相は相手の真意を計りかねて、ただ毒口を叩《たた》くほかはありませんでした。

「イヤ、失敬失敬、つい君達の大真面目《おおまじめ》なお芝居が面白かったものだからね。……だが、ちょっと君、ここへ来てごらん。そして、窓の外を覗いてごらん。妙なものが見えるんだから」

「何が見えるもんか。……そちらは駅のプラットフォームの屋根ばかりじゃないか。変なことをいって、一寸《いっすん》のがれをしようなんて、明智小五郎も耄碌《もうろく》したもんだねえ」

でも、賊は何となく気がかりで、窓の方へ近よらないではいられませんでした。

「ハハハ……、勿論《もちろん》屋根ばかりさ。だが、その屋根の向こうに妙なものがいるんだ。ホラね、こちらの方だよ」

明智は指さしながら、

「屋根と屋根との間から、ちょっと見えているプラットフォームに、黒いものがうずくまっているだろう。子供のようだね。小さな望遠鏡で、しきりとこの窓を眺めているじゃないか。あの子供、なんだか見たような顔だねえ」

読者諸君はそれが誰だか、もうとっくにお察しのことと思います。そうです。お察しの通り明智探偵の名助手小林少年です。小林君は例の七つ道具の一つ、万年筆型の望遠鏡で、ホテルの窓を覗きながら、何かの合図を待ち構えている様子です。

「アッ、小林の小僧だな。じゃ、あいつは家へ帰らなかったのか」

「そうだよ。僕がどの部屋へ入るか、ホテルの玄関で問合わせて、その部屋の窓を、注意して見はっているようにいいつけているのだよ」

しかし、それが何を意味するのか、賊にはまだ呑込《のみこ》めませんでした。

「それで、どうしようっていうんだ」

二十面相は、だんだん不安になりながら、恐しい権幕で、明智につめよりました。

「これをごらん。僕の手をごらん。君達が僕をどうかすれば、このハンカチが、ヒラヒラと窓の外へ落ちて行くのだよ」

見ると、明智の右の手首が、少し開かれた窓の下部から、外へ出ていて、その指先に真白なハンカチがつままれています。

「これが合図なのさ。すると、あの子供はプラットフォームを飛びおりて、駅の事務室に駈《か》け込むんだ。それから電話のベルが鳴る。そして警官隊が駈けつけて、ホテルの出入口をかためるまで、そうだね、五分もあれば十分だとは思わないかね。僕は五分や十分君達三人を相手に抵抗する力はあるつもりだよ。ハハハ……、どうだい、この指をパッと開こうかね、そうすれば、二十面相逮捕のすばらしい大場面が、見物出来ようというものだが」

賊は、窓の外につき出された明智のハンカチと、プラットフォームの小林少年の姿とを見比べながら、くやしそうに暫《しばら》く考えていましたが、結局不利と悟ったのか、やや顔色を柔らげていうのでした。

「で、もし僕の方で手を引いて、君を無事に帰す場合には、そのハンカチは落さないですますつもりだろうね。つまり、君の自由と僕の自由との、交換という訳だからね」

「無論だよ。さっきからいう通り、僕の方には、今君を捕らえる考えは少しもないのだ。もし捕らえるつもりなら、何もこんな廻りくどいハンカチの合図なんかいりやしない。小林君にすぐ警察へ訴えさせるよ。そうすれば、今頃は、君は警察の檻《おり》の中にいた筈だぜ。ハハハ……」

「だが、君も不思議な男じゃないか。そうまでしてこの俺を逃がしたいのか」

「ウン、今易々と捕らえるのは、少し惜しいような気がするのさ。いずれ君を捕らえる時には、大勢の部下も、盗みためた美術品の数々も、すっかり一網に手に入れてしまうつもりだよ。少し慾ばり過ぎているだろうかねえ。ハハハ……」

二十面相は長い間、さもくやしそうに、唇を噛んで黙り込んでいましたが、やがて、ふと気を変えたように、俄《にわ》かに笑い出しました。

「さすがは明智小五郎だ。そうなくてはならないよ。……マア気を悪くしないでくれ給え。今のはちょっと君の気を引いて見たまでさ。決して本気じゃないよ。では、今日はこれでお別れとして、君を玄関までお送りしよう」

でも、探偵は、そんな甘い口に乗って、すぐ油断してしまう程、お人好《よ》しではありませんでした。

「お別れするのはいいがね。このボーイ諸君が少々目触《めざわ》りだねえ。先《ま》ずこの二人と、それから廊下にいるお仲間を、台所の方へ追いやって貰《もら》いたいものだねえ」

賊は別にさからいもせず、すぐボーイ達に立去るように命じ、入口のドアを大きく開いて、廊下が見通せるようにしました。

「これでいいかね。ホラ、あいつらが階段をおりて行く足音が聞えるだろう」

明智はやっと窓際《まどぎわ》を離れ、ハンカチをポケットに納めました。まさか鉄道ホテル全体が賊の為に占領されている筈はありませんから、廊下へ出てしまえば、もう大丈夫です。少し離れた部屋には、客もいる様子ですし、その辺の廊下には、賊の部下でない本当のボーイも歩いているのですから。

二人はまるで親しい友達のように、肩を並べて、エレベーターの前まで歩いて行きました。

エレベーターの入口は開いたままで、二十歳位の制服のエレベーター・ボーイが、人待顔に佇《たたず》んでいます。

明智は何気なく、一足先にその中へ入りましたが、

「あ、僕はステッキを忘れた。君は先へおりて下さい」

二十面相のそういう声がしたかと思うと、いきなり鉄の扉がガラガラと閉って、エレベーターは下降し始めました。

「変だな」

明智は早くもそれと悟りました。しかし、別に慌《あわ》てる様子もなく、じっとエレベーター・ボーイの手元を見つめています。

すると案の定、エレベーターが二階と一階との中間の、四方を壁でとり囲まれた箇所まで下ると、突然パッタリ運転が止ってしまいました。

「どうしたんだ」

「すみません。機械に故障が出来たようです。少しお待ち下さい。じき直りましょうから」

ボーイは申訳《もうしわけ》なさそうにいいながら、しきりと運転機のハンドルの辺をいじくり廻しています。

「なにをしているんだ。退《の》き給え」

明智は鋭くいうと、ボーイの首筋を摑んで、グーとうしろに引きました。それが余りひどい力だったものですから、青年は思わずエレベーターの隅に尻餅《しりもち》をついてしまいました。

「ごまかしたって駄目だよ。僕がエレベーターの運転位知らないと思っているのか」

叱《しか》りつけておいて、ハンドルをカチッと廻しますと、何ということでしょう、エレベーターは苦もなく下降を始めたではありませんか。

階下に着くと、明智はやはりハンドルを握ったまま、まだ尻餅をついているボーイの顔を、グッと鋭く睨みつけました。その眼光の恐しさ。年若いボーイは震え上って、思わず右のポケットの上を、なにか大切なものでも入っているように押さえるのでした。

機敏な探偵は、その表情と手の動きを見逃しませんでした。いきなり飛びついて行って、押さえているポケットに手を入れ、一枚の紙幣を取り出してしまいました。百円札です。エレベーター・ボーイは、二十面相の部下のために、百円札で買収されていたのでした。

賊はそうして、五分か十分の間、探偵をエレベーターの中にとじこめておいて、そのひまに階段の方からコッソリ逃げ去ろうとしたのです。いくら大胆不敵の二十面相でも、もう正体が分かってしまった今、探偵と肩を並べて、ホテルの人達や泊り客の群がっている玄関を、通り抜ける勇気はなかったのです。明智は決して捕らえないといっていますけれど、賊の身にしては、それを言葉通り信用する訳には行きませんからね。

名探偵はエレベーターをとび出すと、廊下を一飛に、玄関へ駈け出しました。すると、丁度間に合って、二十面相の辻野氏が、表の石段を、悠然とおりて行くところでした。

「ヤ、失敬失敬、ちょっとエレベーターに故障があったものですからね、ついおくれてしまいましたよ」

明智はやっぱりニコニコ笑いながら、うしろから辻野氏の肩をポンと叩きました。

ハッと振向いて、明智の姿を認めた、辻野氏の顔といったらありませんでした。賊はエレベーターの計略が、テッキリ成功するものと信じきっていたのですから、顔色を変える程驚いたのも、決して無理ではありません。

「ハハハ……、どうかなすったのですか、辻野さん、少しお顔色がよくないようですね。アア、それから、これをね、あのエレベーター・ボーイから、あなたに渡してくれって頼まれて来ました。ボーイがいってましたよ、相手が悪くてエレベーターの動かし方を知っていたので、どうも御命令通りに長くとめておく訳には行きませんでした。悪《あ》しからずってね。ハハハ……」

明智はさも愉快そうに、大笑をしながら、例の百円札を、二十面相の面前で二三度ヒラヒラさせてから、それを相手の手に握らせますと、

「ではさようなら。いずれ近いうちに」

といったかと思うと、クルッと向を変えて、何の未練もなく、あとをも見ずに立去ってしまいました。

辻野氏は百円札を握ったまま、あっけにとられて、名探偵のうしろ姿を見送っていましたが、

「チェッ」

といまいましそうに舌うちすると、そこに待たせてあった自動車を呼ぶのでした。

このようにして名探偵と大盗賊の初対面の小手調は、見事に探偵の勝利に帰しました。賊にしては、いつでも捕らえようと思えば捕らえられるのを、そのまま見逃して貰った訳ですから、二十面相の名にかけて、これ程の恥辱はないわけです。

「この仕返しはきっとしてやるぞ」

彼は明智のうしろ姿に握拳《にぎりこぶし》を振るって、思わず呪《のろい》の言葉を呟《つぶや》かないではいられません

でした。

二十面相の逮捕

「ア、明智さん、今あなたをお訪ねするところでした。あいつはどこにいますか」

明智探偵は、鉄道ホテルから五十メートルも歩いたか歩かぬかに、突然呼び止められて、立止らなければなりませんでした。

「アア、今西《いまにし》君」

それは警視庁捜査課勤務の今西刑事でした。

「御挨拶はあとにして、辻野と自称する男はどうしました。まさか逃がしておしまいになったのじゃありますまいね」

「君はどうしてそれを知っているんです」

「小林君がプラットフォームで、変なことをしているのを見つけたのです。あの子供は実に強情ですねえ。いくらたずねてもなかなかいわないのです。しかし、手を変え品を変えて、とうとう白状させてしまいましたよ。あなたが外務省の辻野という男と一緒に、鉄道ホテルへ入られたこと、その辻野がどうやら二十面相の変装らしいことなどをね。早速外務省へ電話をかけてみましたが、辻野さんはちゃんと省にいるんです。そいつは贋者《にせもの》に違いありません。そこで、あなたに応援するために、駈けつけて来たというわけですよ」

「それは御苦労さま、だが、あの男はもう帰ってしまいましたよ」

「エッ、帰ってしまった？　それじゃ、そいつは二十面相ではなかったのですか」

「二十面相でした。僕は今日が初対面ですが、なかなか面白い男ですねえ。相手にとって不足のない奴《やつ》ですよ」

「明智さん、明智さん、あなた何を冗談いっているんです。二十面相と分かっていながら、警察へ知らせもしないで、逃がしてやったとおっしゃるのですか」

今西刑事は余りのことに、明智探偵の正気を疑いたくなる程でした。

「僕に少し考えがあるのです」

明智はすまして答えます。

「考えがあるといって、そういう事を、一個人のあなたが、勝手にきめて下すっては困りますね。いずれにしても賊と分かっていながら、逃がすという手はありません。僕は職務として奴を追跡しないわけには行きません。奴はどちらへ行きました。自動車でしょうね」

刑事は民間探偵の独《ひと》りぎめの処置を、しきりと憤慨しています。

「君が追跡するというなら、それは御自由ですが、恐らく無駄でしょうよ」

「あなたのお指図は受けません。ホテルへ行って自動車の番号を調べて、手配をします」

「アア、車の番号なら、ホテルへ行かなくても、僕が知ってますよ。一三八八七号です」

「エ、あなたは車の番号まで知っているんですか。そして、あとを追おうともなさらないのですか」

　刑事は再びあっけに取られてしまいましたが、一刻を争うこの際、無益な問答をつづけているわけには行きません。番号を手帳に書きとめると、すぐ前にある交番へ、飛ぶように走って行きました。

　警察電話によって、この事が市内の各警察署へ、交番へと、瞬《また》く間に伝えられました。

「一三八八七号を捕らえよ。その車に二十面相が外務省の辻野氏に化けて乗っているのだ」

　この命令が、東京全市のお巡さんの心を、どれ程躍らせたことでしょう。我こそはその自動車を捕えて、兇賊《きようぞく》逮捕の名誉を担《にな》わんものと、交番という交番の警官が、目を皿のようにし、手ぐすね引いて待ち構えたことは申すまでもありません。

　怪賊がホテルを出発してから、二十分もした頃、幸運にも一三八八七号の自動車を発見したのは、淀橋区戸塚町《よどばしくとつかまち》の交番に勤務している一警官でありました。

それはまだ若くて、勇気に富んだお巡さんでしたが、交番の前を、規定以上の速力で、矢のように走り抜けた一台の自動車を、ヒョイと見ると、その番号が一三八八七号だったのです。

若いお巡さんは、ハッとして、思わず武者震《むしやぶるい》をしました。そして、そのあとから走って来る空車《からぐるま》を、呼びとめるなり、飛び乗って、

「あの車だッ、あの車に有名な二十面相が乗っているんだ。走ってくれ。スピードはいくら出しても構わん、エンジンが破裂するまで走ってくれッ」

と叫ぶのでした。

仕合せと、その自動車の運転手が又、心利《き》いた若者でした。車は新しく、エンジンに申分はありません。走る、走る、まるで鉄砲玉みたいに走り出したものです。

悪魔のように疾走する二台の自動車は、道行く人の目を見はらせないではおきませんでした。見れば、うしろの車には、一人のお巡さんが、および腰になって、一心不乱に前方を見つめ、何か大声にわめいているではありませんか。

「捕物だ、捕物だ！」

弥次馬《やじうま》が叫びながら、車と一緒に駈け出します。それにつれて犬が吠《ほ》える、歩いていた群集が皆立止ってしまうという騒《さわぎ》です。

しかし自動車は、それらの光景をあとに見捨てて、通魔《とおりま》のように、ただ先へ先へと飛

んで行きます。

幾台の自動車を追い抜いたことでしょう。幾度《いくたび》自転車にぶつかりそうになって、危《あや》うくよけたことでしょう。

細い街ではスピードが出せないものですから、賊の車は大環状線に出て、王子《おうじ》の方角に向かって疾走し始めました。賊は無論追跡を気づいています。しかし、どうすることも出来ないのです。白昼の市内では、車を飛びおりて身を隠すなんて芸当は、出来っこありません。

池袋を過ぎた頃、前の車からパーンというはげしい音響が聞えました。アア、賊はとうとう我慢しきれなくなって、例のポケットのピストルを取り出したのでしょうか。

イヤ、イヤ、そうではなかったのです。西洋のギャング映画ではありません。賑《にぎ》やかな町なかで、ピストルなどうってみたところで、今更遁《のが》れられるものではないのです。

ピストルではなくて、車輪のパンクした音でした。賊の運が尽きたのです。

それでも、暫くの間は、無理に車を走らせていましたが、いつしか速度がにぶり、遂《つい》にお巡さんの自動車に追い抜かれてしまいました。逃げる行手に当って、自動車を横にされては、もうどうすることも出来ません。

車は二台とも止りました。忽ちそのまわりに黒山の人だかり、やがて附近のお巡さんも駈けつけて来ます。

アア、読者諸君、辻野氏はとうとう捕ってしまいました。

「二十面相だ、二十面相だ!」

誰いうとなく、群集の間にそんな声が起りました。

賊は附近から駈けつけた二人のお巡さんと、戸塚の交番の若いお巡さんと、三人にまわりをとりまかれ、叱りつけられて、もう抵抗する力もなくうなだれています。

「二十面相が捕った!」

「なんて、ふてぶてしい面《つら》をしているんだろう」

「でも、あのお巡さん、偉いわねえ」

「お巡さんバンザーイ!」

群集の中にまき起る歓声の中を、警官と賊とは、追跡して来た車に同乗して、警視庁へと急ぎます。管轄《かんかつ》の警察署に留置するには余りに大物だからです。

警視庁に到着して、事の次第が判明しますと、庁内にはドッと歓声が湧《わ》き上りました。手を焼いていた稀代《きたい》の兇賊が、何と思いがけなく捕ったことでしょう。これというのも、今西刑事の機敏な処置と、戸塚署の若い警官の奮戦のお陰だというので、二人は胴上されんばかりの人気です。

この報告を聞いて、誰よりも喜んだのは、中村捜査係長でした。係長は羽柴家の事件の際、賊のためにまんまと出し抜かれた恨《うらみ》を、忘れることが出来なかったからです。

早速調室で厳重な取調が始められました。相手は変装の名人の事ですから、誰も顔を見知ったものがありません。何よりも先に、人違でないかどうかを確かめるために、証人を呼び出さなければなりませんでした。

明智小五郎の自宅に電話がかけられました。しかし、丁度その時名探偵は外務省に出向いて留守中でしたので、代りに小林少年が出頭することになりました。

やがて程もなく、いかめしい調室に、林檎《りんご》のような頬の、可愛《かわい》らしい小林少年が現れました。そして、賊の姿を一目見るや否《いな》や、これこそ、外務省の辻野氏と偽名したあの人物に相違ないと証言しました。

「わしが本物じゃ」

「この人でした。この人に違いありません」

小林君はキッパリと答えました。

「ハハハ……、どうだね、君、子供の眼力にかかっちゃ敵わんだろう。君が何といい遁《のが》れようとしたって、もう駄目だ。君は二十面相に違いないのだ」

中村係長は、恨み重なる怪盗を、とうとう捕らえたかと思うと、嬉しくて仕方がありませんでした。勝ち誇ったように、こういって、真正面から賊を睨《にら》みつけました。

「ところが、違うんですよ。こいつあ、困ったことになったな。わしはあいつが有名な二十面相だなんて、少しも知らなかったのですよ」

紳士に化けた賊は、あくまで空とぼけるつもりらしく、変なことをいい出すのです。

「なんだって？　君のいうことは、ちっとも訳が分からないじゃないか」

「わしも訳が分からんのです。すると、あいつがわしに化けてわしを替玉に使ったんだな」

「オイオイ、いい加減にし給《たま》え。いくら空とぼけたって、もうその手には乗らんよ」

「イヤ、イヤ、そうじゃないんです。まあ、落ちついて、わしの説明を聞いて下さい。わしはこういうものです。決して二十面相なんかじゃありません」

紳士はそういいながら、今さら思い出したように、ポケットから名刺入を出して、一枚の名刺を差出しました。それには、「松下庄兵衛《まつしたしょうべえ》」とあって、杉並区のあるアパートの住所も印刷してあるのです。

「わしは、この通り松下というもので、少し商売に失敗しまして、今はまあ失業者という身の上、アパート住まいの独者《ひとりもの》ですがね。昨日のことでした。日比谷《ひびや》公園をブラブラしていて、一人の会社員風の男と知合になったのです。その男が妙な金儲《かねもうけ》があるといって、教えてくれたのですよ。

つまり、今日一日、自動車に乗って、その男のいうままに、東京中を乗廻してくれれば、自動車代はただの上に、五十円の手当を出すというのです。うまい話じゃありませんか。わしはこんな身なりはしていますけれど、失業者なんですからね。五十円の手当がほしかったですよ。

その男は、これには少し事情があるのだといって、何かクドクドと話しかけましたが、わしはそれを押し止めて、事情なんか聞かなくてもいいからといって、早速承知してしまったのです。

そこで、今日は朝から自動車で方々乗り廻しましてな。おひるは鉄道ホテルで食事をしろという、有難いいいつけなんです。たらふく御馳走《ごちそう》になって、ここで暫く待っていてくれというものだから、鉄道ホテルの前に自動車を停めて、その中に腰かけて待っていたのですが、やや三十分もしたかと思う頃、一人の男が鉄道ホテルから出て来て、わしの車を開けて中へ入って来るのです。

わしは、その男を一目見て、びっくりしました。気が違ったのじゃないかと思った位です。なぜといって、そのわしの車へ入って来た男は、顔から、背広から、外套《がいとう》からステッキまで、このわしと一分《ぶ》一厘《りん》も違わないほど、そっくりそのままだったからです。まるでわしが鏡に映っているような、変てこな気持でした。

あっけにとられて見ていますとね、益々《ますます》妙じゃありませんか。その男は、わしの車へ入って来たかと思うと、今度は反対の側のドアを開けて、外へ出て行ってしまったのです。

つまり、そのわしとそっくりの紳士は、自動車の客席を通り過ぎただけなんです。その時、その男は、わしの前を通り過ぎながら、妙なことをいいました。

「サア、すぐに出発して下さい。どこでも構いません。全速力で走るのですよ」

こんなことをいい残して、そのまま、御存じでしょう、あの鉄道ホテルの前にある、地下室の理髪店の入口へ、スッと姿を隠してしまいました。わしの自動車は丁度その地下室の入口の前へ停っていたのですよ。

何だか変だなとは思いましたが、とにかく先方のいうままになるという約束ですから、わしはすぐ運転手に、フル・スピードで走るようにいいつけました。

それから、どこをどう走ったか、よくも覚えませんが、早稲田《わせだ》大学のうしろの辺で、あとから追っかけて来る自動車があることを気づきました。何が何だか分からないけれど、わしは妙に恐しくなりましてな。運転手に走れ走れと呶鳴《どな》ったのですよ。

それからあとは、御承知の通りです。お話を伺ってみると、わしはたった五十円の礼金に目がくれて、まんまと二十面相の奴の替玉に使われたというわけですね。

イヤ、イヤ、替玉じゃない。わしの方が本物で、あいつこそわしの替玉です。まるで写真にでも写したように、わしの顔や服装を、そっくり真似《まね》やあがったんです。

それが証拠に、ホラごらんなさい。この通りじゃ。わしは正真正銘の松下庄兵衛です、わしが本物で、あいつの方が贋者です。お分かりになりましたかな」

松下氏はそういって、ニューッと顔を前につき出し、自分の頭の毛を力まかせに引っぱってみせたり、頬をつねって見せたりするのでした。

ああ、何ということでしょう。中村係長は、又しても、賊の為《ため》にまんまと一杯かつがれたのです。警視庁をあげての、兇賊逮捕の喜びも、糠喜《ぬかよろこ》びに終ってしまいました。

のちに松下氏のアパートの主人を呼び出して、調べてみますと、松下氏が少しも怪しい人物でないことが確かめられたのです。

それにしても、二十面相の用心深さはどうでしょう。東京駅で明智探偵を襲うためには、これだけの用意がしてあったのです。部下を鉄道ホテルのボーイに住み込ませ、エレベーター係を味方にしていた上に、この松下という替玉紳士まで傭《やと》い入れて、逃走の準備をととのえていたのです。

替玉といっても、二十面相に限っては、自分によく似た人を探し廻る必要は少しもないのでした。なにしろ恐しい変装の名人のことです。手当り次第に傭い入れた人物に、こちらで化けてしまうのですから、訳はありません。相手は誰でも構わない、口車に乗りそうなお人よしを探しさえすればよかったのです。

そういえば、この松下という失業紳士は、いかにも呑気者《のんきもの》の好人物に違いありませんでした。

二十面相の新弟子

明智小五郎の住宅は、麻布区龍土町の閑静な屋敷町にありました。名探偵は、まだ若くて美しい文代《ふみよ》夫人と、助手の小林少年と、女中さん一人の、質素な暮しをしているのでした。

明智探偵が、外務省から陸軍省へ廻って、一まず帰宅したのは、もう夕方でしたが、丁度そこへ警視庁へ呼ばれていた小林君も帰って来て、洋館の二階にある明智の書斎に入って、二十面相の替玉事件を報告しました。

「多分そんなことだろうと思っていた。しかし、中村君には気の毒だったね」

名探偵は苦笑《にがわらい》を浮かべていうのでした。

「先生、僕少し分からないことがあるんですが」

小林少年は、いつも、腑《ふ》に落ちないことは、出来るだけ早く、勇敢に尋ねる習慣でした。

「先生が二十面相をわざと逃がしておやりになった訳は、僕にも分かるのですけれど、なぜあの時、僕に尾行させて下さらなかったのです。博物館の盗難を防ぐのにも、あいつの隠家が知れなくては、困るんじゃないかと思いますが」

明智探偵は少年助手の非難を、嬉《うれ》しそうにニコニコして聞いていましたが、立上って、窓のところへ行くと、小林少年を手まねきしました。

「それはね、二十面相の方で、僕に知らせてくれるんだよ。なぜだか分かるかい。さっきホテルで、僕はあいつを十分恥ずかしめてやった。あれだけの兇賊を、探偵がとらえようともしないで逃がしてやるのが、どんなひどい侮辱だか、君には想像も出来ない位だよ。

二十面相は、あのことだけでも、僕を殺してしまいたいほど憎んでいる。その上、僕がいては、これから思うように仕事も出来ないのだから、どうかして僕という邪魔者を、なくしようと考えるに違いない。

ごらん、窓の外を。ホラ、あすこに紙芝居屋がいるだろう。こんな淋《さび》しいところで、紙芝居が荷をおろしたって、商売になるはずはないのに、あいつはもうさっきから、あすこに立止って、この窓を、見ぬような振《ふり》をしながら、一生懸命に見ているのだよ」

いわれて、小林君が、明智邸の門前の細い道路を見ますと、如何《いか》にも一人の紙芝居屋が、うさんくさい様子で立っているのです。

「じゃ、あいつ二十面相の部下ですね。先生の様子を探りに来ているんですね」

「そうだよ。それごらん。別に苦労をして探し廻らなくても、先方からちゃんと近づいて来るだろう。あいつについて行けば、自然と、二十面相の隠家も分かる訳じゃないか」

「じゃ、僕、姿を変えて尾行してみましょうか」

小林君は気が早いのです。

「イヤ、そんなことしなくてもいいんだ。僕に少し考えがあるからね。相手は何といっても恐しく頭の鋭い奴だから、迂闊《うかつ》な真似は出来ない。ところでねえ、小林君、あすあたり、僕の身辺に、少し変ったことが起るかも知れないよ。だが、決して驚くんじゃないぜ。僕は決して二十面相なんかに、出し抜かれやしないからね。たとえ僕の身が危いようなことがあっても、それも一つの策略なのだから、決して心配するんじゃないよ。いいかい」

そんな風に、しんみりといわれますと、小林少年は、するなといわれても、心配しない訳には行きませんでした。

「先生、何か危いことでしたら、僕にやらせて下さい。先生にもしもの事があっては大変ですから」

「有難う」

明智探偵は、暖かい手を少年の肩にあてていうのでした。

「だが、君には出来ない仕事なんだよ。まあ僕を信じていたまえ。君も知っているだろう。僕が一度だって失敗したことがあったかい……。心配するんじゃないよ。心配するんじゃないよ」

＊

さて、その翌日の夕方のことでした。

明智邸の門前、ちょうど昨日紙芝居屋が立っていた辺に、今日は一人の乞食《こじき》が坐《すわ》り込んで、ほんの時たま通りかかる人に、何か口の中でモグモグいいながら、お辞儀をしております。

煮染《にし》めたような汚い手拭《てぬぐい》で頬冠《ほおかむり》をして、方々に継《つぎ》の当った、ぼろぼろに破れた着物を着て、一枚の莫蓙《ござ》の上に坐って、寒そうにブルブル身震いしている有様は、如何にも哀れに見えます。

ところが、不思議なことに、往来に人通りが途絶えますと、この乞食の様子が一変するのでした。今まで低く垂れていた首を、ムクムクともたげて、顔一面の不精髭《ぶしょうひげ》の中から、鋭い目を光らせて、目の前の明智探偵の家を、ジロジロと眺めまわすのです。

明智探偵は、その日午前中は、どこかへ出掛けていましたが、三時間程で帰宅すると、往来からそんな乞食が見張っているのを、知ってか知らずにか、表に面した二階の書斎で、机に向かって、しきりに何か書きものをしています。その位置が窓のすぐ近くだものですから、乞食のところから、明智の一挙一動が、手に取るように見えるのです。

それから夕方までの数時間、乞食は根気よく地面に坐りつづけていました。明智探偵の方も、根気よく窓から見える机に向かいつづけていました。

午後はずっと、一人の訪問客もありませんでしたが、夕方になって、一人の異様な人物が、明智邸の低い石門の中へ入って行きました。

その男は、伸び放題に伸ばした髪の毛、顔中を薄黒く埋めている不精髭、汚い背広服を、メリヤスのシャツの上にじかに着て、縞目《しまめ》も分からぬ鳥打帽子《とりうちぼうし》を冠っています。浮浪人といいますか、ルンペンといいますか、見るからに薄気味の悪い奴でしたが、そいつが門を入って暫くしますと、突然恐しい呶鳴声《どなりごえ》が、門内から漏れて来ました。

「ヤイ、明智、よもや俺の顔を見忘れやしめえ。俺《おら》あお礼をいいに来たんだ。サア、その戸を開けてくれ。俺あ家の中へ入って、お前にもおかみさんにも、ゆっくりお礼が申してえんだッ。なんだと、俺に用はねえ？　そっちで用がなくっても、こっちにゃ、ウントコサと用があるんだ。サア、そこをどけ。俺あ貴様の家へ入るんだ」

どうやら明智自身が、洋館のポーチへ出て、応対しているらしいのですが、明智の声は聞えません。ただ浮浪人の声だけが、門の外まで響き渡っています。

それを聞くと、往来に坐っていた乞食が、ムクムクと起き上り、ソッとあたりを見廻してから、石門のところへ忍びよって、電柱の陰から中の様子を窺《うかが》いはじめました。

見ると、正面のポーチの上に明智小五郎が突立ち、そのポーチの石段へ片足かけた浮浪人が、明智の顔の前で握拳を振りまわしながら、しきりとわめき立てています。

明智は少しも取乱さず、静かに浮浪人を見ていましたが、ますますつのる暴言に、もう我慢が出来なくなったのか、

「馬鹿《ばか》ッ。用がないといったらないのだ。出て行き給え」

と呶鳴ったかと思うと、いきなり浮浪人をつき飛ばしました。

つき飛ばされた男は、ヨロヨロとよろめきましたが、グッと踏みこたえて、もう死物狂で、

「ウヌ！」

とうめきざま、明智めがけて組みついていきます。

しかし、格闘となっては、いくら浮浪人が乱暴でも、柔道三段の明智探偵に敵うはずはありません。忽ち腕をねじ上げられ、ヤッとばかりに、ポーチの下の敷石の上に投げつけられてしまいました。

男は投げつけられたまま、暫くは痛さに身動きも出来ない様子でしたが、やがて、ようやく起き上った時には、ポーチのドアは固くとざされ、明智の姿は、もうそこには見えませんでした。

浮浪人はポーチへ上って行って、ドアをガチャガチャいわせていましたが、中から締《しまり》がしてあるらしく、押せども引けども、動くものではありません。

「畜生め、覚えていやあがれ」

男はとうとうあきらめたものか、口の中で呪いの言葉をブツブツつぶやきながら、門の外へ出て来ました。

最前からの様子を、すっかり見届けた乞食は、浮浪人をやり過しておいて、そのあとから、そっとつけて行きましたが、明智邸を少し離れたところで、いきなり、

「オイ、お前さん」

と男に呼びかけました。

「エッ」

びっくりして振向くと、そこに立っているのは、汚らしい乞食です。

「なんだい、お菰《こも》さんか。俺あほどこしをするような金持じゃあねえよ」

浮浪人はいい捨てて、立ち去ろうとします。

「イヤ、そんなことじゃない。少し君に聞きたいことがあるんだ」

「なんだって？」

乞食の口の利き方が変なので、男はいぶかしげにその顔を覗《のぞ》き込みました。

「俺はこう見えても、本物の乞食じゃないんだ。実は君だから話すがね。俺は二十面相の手下のものなんだ。今朝っから、明智の野郎の見張をしていたんだよ。だが、君も明智には、よっぽど恨《うらみ》があるらしい様子だね」

アア、やっぱり、乞食は二十面相の部下の一人だったのです。

「恨があるどころか俺ああいつの為に刑務所へぶち込まれたんだ。どうかして、この恨を返してやりたいと思っているんだ」

浮浪人は、又しても握拳を振りまわして、憤慨するのでした。

「名前は何ていうんだ」

「赤井《あかい》寅三《とらぞう》ってもんだ」

「どこの身内だ」

「親分なんてねえ。一本立よ」

「フン、そうか」

乞食はしばらく考えておりましたが、やがて、何を思ったか、こんな風に切り出しました。

「二十面相という親分の名前を知っているか」

「そりゃ聞いているさ。凄《すげ》え腕前だってね」

「凄いどころか、まるで魔法使だよ。今度なんか、博物館の国宝を、すっかり盗み出そうという勢だからね。……ところで、二十面相の親分にとっちゃ、この明智小五郎って野郎は、敵《かたき》も同然なんだ。明智に恨のある君とは、同じ立場なんだ。君、二十面相の親分の手下になる気はないか。そうすりゃあ、ウンと恨が返せようというもんだぜ」

赤井寅三は、それを聞くと、乞食の顔をまじまじと眺めていましたが、やがて、ハタと手を打って、

「よし、俺あそれにきめた。兄貴、その二十面相の親分に、一つ引合わせてくんねえか」

と、弟子入を所望《しょもう》するのでした。

「ウン、引合わせてやるとも。明智にそんな恨のある君なら、親分はきっと喜ぶぜ。だがな、その前に、親分への土産に、一つ手柄を立てちゃどうだ。それも明智の野郎をひっさらう仕事なんだぜ」

乞食姿の二十面相の部下は、あたりを見廻しながら、声を低めていうのでした。

名探偵の危急

「エエ、なんだって、あの野郎をひっさらうんだって、そいつは面白え。願ってもないことだ。手伝わせてくんねえ。ぜひ手伝わせてくんねえ。で、それは一体いつの事なんだ」

赤井寅三は、もう夢中になって尋ねるのです。

「今夜だよ」

「エ、エ、今夜だって。そいつあ素敵だ。だが、どうしてひっさらおうというんだね」

「それがね、やっぱり二十面相の親分だ、うまい手だてを工夫したんだよ。というのはね、子分の中に、素敵もねえ美しい女があるんだ。その女をどっかの若い奥さんに仕立てて、明智の野郎の喜びそうな、こみ入った事件を拵《こしら》えて探偵を頼みに行かせるんだ。そして、すぐに家を調べてくれといって、あいつを自動車に乗せて連れ出すんだ。その女と一緒にだよ。無論自動車の運転手も仲間の一人なんだ。

難しい事件の大好きなあいつのこった。それに、相手がか弱い女なんだから、油断をして、この計画には、ひっかかるにきまっているよ。

で、俺達の仕事はというと、ついこの先の青山墓地へ先まわりをして、明智を乗せた自動車がやって来るのを待っているんだよ。あすこを通らなければならないような道順にしてあるんだ。

俺達の待っている前へ来ると、自動車がピッタリ止る。すると俺と君とが、両側からドアを開けて、車の中へ飛び込み、明智の奴を身動の出来ないようにして、麻酔剤を嗅《か》がせるという段取なんだ。麻酔剤もちゃんとここに用意している。

それから、ピストルが二挺《にちよう》あるんだ。もう一人仲間が来ることになっているもんだから。

しかしかまやしないよ。そいつは明智に恨がある訳でもなんでもないんだから、君に手柄をさせてやるよ。サア、これがピストルだ」

乞食に化けた男は、そういって、破れた着物のふところから、一挺のピストルを取出し赤井に渡しました。

「こんなもの、俺あ撃ったことがねえよ。どうすりゃいいんだい」

「ナアニ、弾は入ってやしない。引金に指を当てて撃つような恰好《かっこう》をすりゃいいんだ。二十面相の親分はね。人殺しが大嫌いなんだ。このピストルはただ脅しだよ」

弾が入っていないと聞いて、赤井は不満らしい顔をしましたが、兎《と》も角《かく》もポケットにおさめ、

「じゃ、すぐに青山墓地へ出かけようじゃねえか」

と促《うなが》すのでした。

「イヤ、まだ少し早すぎる。七時半という約束だよ。それより少しおくれるかも知れない。まだ二時間もある。どっかで飯を食って、ゆっくり出かけよう」

乞食はいいながら、小脇《こわき》に抱えていた、汚らしい風呂敷《ふろしき》包をほどくと、中から一枚の釣鐘《つりがね》マントを出して、それを破れた着物の上から羽織りました。

二人がもよりの安食堂で食事をすませ、青山墓地へたどりついた時には、トップリ日が暮れて、まばらな街燈《がいとう》の外は真の闇《やみ》、お化でも出そうな物淋しさでした。

約束の場所というのは、墓地の中でも最も淋しい傍道《わきみち》で、宵《よい》の内《うち》でも滅多に自動車の通らぬ、闇の中です。

二人はその闇の土手に腰をおろして、じっと時の来るのを待っていました。

「おそいね。第一こうしていると寒くってたまらねえ」

「イヤ、もうじきだよ。さっき墓地の入口のところで、店屋の時計を見たら、七時二十分だった。あれからもう十分以上たしかに経《た》っているから、今にやって来るぜ」

時々ポツリポツリと話し合いながら、又十分程待つうちに、とうとう、向こうから自動車のヘッドライトが見え始めました。

「オイ、来たよ。来たよ。あれがそうに違いない。しっかりやるんだぜ」

案の定、その車は二人の待っている前まで来ると、ギギーとブレーキの音を立てて停ったのです。

「ソレッ」

というと、二人は矢庭《やにわ》に闇の中からとび出しました。

「君はあっちへ廻れ」

「よし来た」

二つの黒い影は、忽ち《たちま》客席の両側の扉へ駈《か》け寄りました。そして、いきなりガチャンと扉を開くと客席の人物へ、両方からニューッと、ピストルの筒口を突きつけました。

と同時に、客席にいた洋装の婦人も、いつの間にかピストルを構えています。それから、運転手までが、うしろ向になって、その手にはこれもピストルが光っているではありませんか。つまり四挺のピストルが、筒先を揃《そろ》えて、客席にいるたった一人の人物に、狙《ねらい》を定めたのです。

その狙われた人物というのは、アア、やっぱり明智探偵でした。探偵は二十面相の予想にたがわずまんまと計略にかかってしまったのでしょうか。

「身動きすると、ぶっぱなすぞ」

誰かが恐しい権幕《けんまく》で呶鳴りつけました。

しかし、明智は観念したものか、静かにクッションにもたれたまま、さからう様子はありません。あまりおとなしくしているので、賊の方が不気味に思う程です。

「やッつけろ!」

低いけれど力強い声が響いたかと思うと、乞食に化けた男と赤井寅三の両人が、恐しい勢で、車の中に踏み込んで来ました。そして、赤井が明智の上半身を抱きしめるようにして押さえていると、もう一人はふところから取出した一塊《ひとかたまり》の白布のようなものを、手早く探偵の口に押しつけて、しばらくの間力をゆるめませんでした。

それから、やや五分もして、男が手を離した時には、流石《さすが》の名探偵も薬物の力には敵《かな》いません。まるで死人のように、グッタリと気を失っていました。

「ホホホ……、もろいもんだわね」

同乗していた洋装婦人が、美しい声で笑いました。

「オイ、縄だ。早く縄を出してくれ」

乞食に化けた男は、運転手から一束の縄を受けとると、赤井に手伝わせて、明智探偵の手足を、たとえ蘇生《そせい》しても、身動も出来ないように、縛り上げてしまいました。

「サアよしと。こうなっちゃ、名探偵も他愛《たわい》がないね。これでやっと俺たちも、何の気《き》兼《がね》もなく仕事が出来るというもんだ。オイ、親分が待っているだろう。急ごうぜ」

グルグル巻の明智の身体《からだ》を、自動車の床に転がして、乞食と赤井とが、客席に納ると、車はいきなり走り出しました。行先はいわずと知れた二十面相の巣窟《そうくつ》です。

怪盗の巣窟

賊の手下の美しい婦人と、乞食と、赤井寅三と、気を失った明智小五郎とを乗せた自動車は、淋しい町淋しい町とえらびながら、走りに走って、やがて、代々木《よよぎ》の明治神宮を通り過ぎ、暗い雑木林の中にポツンと建っている、一軒の住宅の門前に停りました。

それは七間か八間位の中流住宅で、門の柱には北川十郎《きたがわじゅうろう》という標札が懸っています。

もう家中が寝てしまったのか、窓から明りもささず、さもつつましやかな家庭らしく見えるのです。

運転手（無論これも賊の部下なのです）が真先に車を降りて、門の呼鈴を押しますと、ほどもなくカタンという音がして、門の扉に作ってある小さな覗窓が開き、そこに二つの大きな目玉が現れました。門燈の灯《あかり》で、それがさも物凄く光って見えます。

「アア、君か、どうだ、首尾よく行ったか」

目玉の主が囁《ささや》くような小声でたずねました。

「ウン、うまく行った。早くあけてくれ」

運転手が答えますと、始めて門の扉がギイーと開きました。

見ると門の内側には、黒い洋服を着た賊の部下が、油断なく身構をし立ちはだかっているのです。

乞食と赤井寅三とが、グッタリとなった明智探偵の身体を抱え、美しい婦人がそれを助けるようにして、門内に消えると、扉は又元のようにピッタリと閉められました。

一人残った運転手は、空になった自動車に飛び乗りました。そして、車は矢のように走り出し、忽ち見えなくなってしまいました。どこか別の所に、賊の車庫があるのでしょう。

門内では、明智を抱えた三人の部下が、玄関の格子戸《こうしど》の前に立ちますと、いきなり軒の電燈がパッと点火されました。目もくらむほど明るい電燈です。

この家へ始めての赤井寅三は、あまりの明るさにギョッとしましたが、彼をびっくりさせたのは、それればかりではありませんでした。

電燈がついたかと思うと、今度は、どこからともなく、大きな人の声が聞えて来ました。誰もいないのに、声だけがお化みたいに、空中から響いて来たのです。

「一人人数がふえたようだな。そいつは一体誰だ」

どうも人間の声とは思われないような、変てこな響です。

新米の赤井は薄気味悪そうに、キョロキョロあたりを見廻しています。

すると、乞食に化けた部下が、ツカツカと玄関の柱の側へ近づいて、その柱のある部分に口をつけるようにして、

「新しい味方です。明智に深い恨を持っている男です。十分信用していいのです」

と独ごとを喋《しゃべ》りました。まるで電話でもかけているようです。

「そうか、それなら入ってもよろしい」

又変な声が響くと、まるで自動装置のように、格子戸が音もなく開きました。

「ハハハ……、驚いたかい。今のは奥にいる首領と話をしたんだよ。人目につかないように、この柱の陰に拡声器とマイクロフォンが取りつけてあるんだ。首領は用心深い人だからね」

乞食に化けた部下が教えてくれました。

「だけど、俺がここにいるってことが、どうして首領に知れたんだろう」

赤井はまだ不審がはれません。

「ウン、それも今に分かるよ」

相手はとり合わないで、明智を抱えて、グングン家の中へ入って行きます。自然赤井もあとに従わぬわけには行きません。

玄関の間には、又一人の屈強な男が、肩をいからして立ちはだかっていましたが、一同を見ると、ニコニコして肯《うなず》いてみせました。

襖《ふすま》を開いて、廊下へ出て、一番奥まった部屋へたどりつきましたが、妙なことに、そこはガランとした十畳の空部屋で、首領の姿はどこにも見えません。

乞食が何か顎《あご》をしゃくって指図をしますと、美しい女の部下が、ツカツカと床の間に近より、床柱の裏に手をかけて、何かしました。

すると、どうでしょう。ガタンと重々しい音がしたかと思うと、座敷の真中の畳が一枚、スーッと下へ落ちて行って、あとに長方形の真暗な穴が開いたではありませんか。

「サア、ここの梯子段《はしごだん》を降りるんだ」

いわれて、穴の中を覗きますと、いかにも立派な木の階段がついています。

アア、何という用心深さでしょう。表門の関所、玄関の関所、その二つを通り越しても、この畳のがんどう返しを知らぬ者には、首領がどこにいるのやら、全く見当もつかないわけです。

「なにをボンヤリしているんだ。早く降りるんだよ」

明智の身体を三人がかりで抱えながら、一同が階段を降りきると、頭の上で、ギーッと音がして、畳の穴は元の通りに蓋《ふた》をされてしまいました。実に行届いた機械仕掛ではありませんか。

地下室に降りても、まだそこが首領の部屋ではありません。薄暗い電燈の光をたよりに、コンクリートの廊下を少し行くと、岩乗《がんじょう》な鉄の扉が行手をさえぎっているのです。すると、乞食に化けた男が、その扉を、妙な調子でトントントン、トントントンと叩《たた》きました。すると、重い鉄の扉が内部から開かれて、パッと目を射る電燈の光、まばゆいばかりに飾りつけられた立派な洋室、その正面の大きな安楽椅子《いす》に腰かけて、ニコニコ笑っている三十歳程の洋服紳士が、二十面相その人でありました。これが素顔かどうか分かりませんけれど、頭の毛を綺麗《きれい》にちぢらせた、髭のない好男子です。

「よくやった。よくやった。君たちの働きは忘れないよ」

首領は、大敵明智小五郎を虜《とりこ》にしたことが、もう嬉しくて堪《たま》らない様子です。無理はありません。明智さえこうして閉じこめてしまえば、日本中に恐しい相手は一人もいなくなるわけですからね。

可哀《かわい》そうな明智探偵は、グルグル巻に縛られたまま、そこの床の上へ転がされました。

赤井寅三は、転がしただけでは足りないとみえて、気を失っている明智の頭を、足で二度も三度も蹴飛《けと》ばしさえしました。

「アア、君はよくよくそいつに恨があるんだね。それでこそ僕の味方だ。だが、もうよしたまえ。敵は労《いたわ》るものだ。それに、この男は日本にたった一人しかいない名探偵なんだからね。そんなに乱暴にしないで、縄を解いて、そちらの長椅子に寝かしてやり給え」

流石に首領二十面相は、虜を扱うすべを知っていました。

そこで、部下達は、命じられた通り、縄を解いて、明智探偵を長椅子に寝かせましたが、まだ薬が醒《さ》めぬのか、探偵はグッタリしたまま正体もありません。

乞食に化けた男は、明智探偵誘拐の次第と、赤井寅三を味方に引入れた理由を、くわしく報告しました。

「ウン、よくやった。赤井君はなかなか役に立ちそうな人物だ。それに、明智に深い恨を持っているのが何より気に入ったよ」

二十面相は、名探偵を虜にした嬉しさに、何もかも上機嫌です。

そこで赤井は改めて、弟子入の厳《おごそ》かな誓《ちかい》を立てさせられましたが、それがすむと、この浮浪人は、最前から不思議で堪らなかったことを、早速たずねたものです。

「この家の仕掛には驚きましたぜ。これなら警察なんか怖くないはずですねえ。だが、どうもまだ腑に落ちねえことがある。さっき玄関へ来たばっかりの時に、どうしてお頭にあっしの姿が見えたんですい？」

「ハハハ……、それかい。それはね、ホラ、ここを覗いて見たまえ」

首領は天井の一隅から下っているストーブの煙突みたいなものを指さしました。覗いて見よといわれるものですから、赤井はそこへ行って、煙突の下の端が鉤《かぎ》の手に曲っている筒口へ、目を当てて見ました。

すると、これはどうでしょう。その筒の中に、この家の玄関から門にかけての景色が、可愛らしく縮小されて映っているではありませんか。最前の門番の男が、忠実に門の内側に立っているのもハッキリ見えます。

「潜水艦に使う潜望鏡《ペリスコープ》と同じ仕掛なんだよ。あれよりももっと複雑に折れ曲っているけれどね」

道理で、あんなに光の強い電燈が必要だったのです。

「だが、君が今まで見たのは、この家の機械仕掛の半分にも足りないのだよ。その中には、僕の外は誰も知らない仕掛もある。なにしろ、これが僕の本当の根城だからね。この外にも、幾つかの隠家があるけれど、それらは、敵をあざむくホンの仮住居に過ぎないのさ」

すると、いつか小林少年が苦しめられた戸山ヶ原の荒屋も、その仮の隠家の一軒だったのでしょうか。

「いずれ君にも見せるがね、この奥に僕の美術室があるんだよ」

二十面相は相変らず上機嫌で、喋りすぎる程喋るのです。見れば彼の安楽椅子のうしろに、大銀行の金庫のような、複雑な機械仕掛の大きな鉄の扉が、厳重に閉めきってあります。

「この奥に幾つも部屋があるんだよ。ハハハ……、驚いているね。この地下室は、地面に建っている家よりもずっと広いのさ。そして、その部屋部屋に、僕の生涯の戦利品が、ちゃんと分類して陳列してあるってわけだよ。そのうち見せてあげるよ。

まだ何も陳列してない空っぽの部屋もある。そこへはね、ごく近日、どっさり国宝が入ることになっているんだ。ホラ、君も新聞で読んでいるだろう。例の帝国博物館の沢山の宝物さ。ハハハ……」

もう明智という大敵を除いてしまったのだから、それらの美術品は手に入れたも同然だとばかり、二十面相はさも心地よげに、カラカラと打笑うのでした。

少年探偵団

翌朝になっても明智探偵が帰宅しないものですから、留守宅は大騒になりました。

探偵が同伴して出かけた、事件依頼者の婦人の住所が控えてありましたので、そこを調べますと、そんな婦人なんか住んでいないことが分かりました。さては二十面相の仕業であったかと、人々は始めてそこへ気がついたのです。

各新聞の夕刊は、「名探偵明智小五郎氏誘拐さる」という大見出しで、明智の写真を大きく入れて、この椿事《ちんじ》をデカデカと書き立て、ラジオもこれをくわしく報道しました。

「アア、頼みに思う我等の名探偵は賊の虜になった。博物館が危い」

六百万の市民は、わがことのようにくやしがり、そこでもここでも、人さえ集れば、もうこの事件の噂《うわさ》ばかり、全市の空が、何ともいえない陰鬱《いんうつ》な、不安の黒雲に覆《おお》われたように、感じないではいられませんでした。

しかし、名探偵の誘拐を、世界中で一番残念に思ったのは、探偵の少年助手小林芳雄君でした。

一晩待ち明かして朝になっても、又一日空《むな》しく待って、夜が来ても、先生はお帰りになりません。警察では二十面相に誘拐されたのだといいますし、新聞やラジオまでその通りに報道するものですから、先生の身の上が心配なばかりでなく、名探偵の名誉の為に、くやしくって、くやしくって堪らないのです。

その上、小林君は自分の心配の外に、先生の奥さんを慰めなければなりませんでした。さすが明智探偵の夫人ほどあって、涙をみせるようなことはなさいませんでしたが、不安に堪えぬ青ざめた顔に、わざと笑顔を作っていらっしゃる様子を見ますと、お気の毒で、じっとしていられないのです。

「奥さん大丈夫ですよ。先生が賊の虜になんかなるもんですか。きっと先生には僕達の知らない、何か深い計略があるのですよ。それでこんなにお帰りがおくれるんですよ」

小林君は、そんな風にいって、しきりと明智夫人を慰めましたが、しかし、別に自信があるわけではなく、喋っているうちに、自分の方でも不安がこみ上げて来て、言葉も途切れがちになるのでした。

名探偵助手の小林君も、今度ばかりは、手も足も出ないのです。二十面相の隠家を知る手掛は全くありません。

一昨日《おととい》は、賊の部下が紙芝居屋に化けて、様子を探りに来ていたが、もしや今日も怪しい人物が、その辺をうろうろしていないかしら。そうすれば賊の住家を探る手だてもあるんだがと、一縷《いちる》の望《のぞみ》に度々二階へ上って表通を見廻しても、それらしい者の影ささしません。賊の方では、誘拐の目的を果してしまったのですから、もうそういうことをする必要がないのでしょう。

そんな風にして、不安の第二夜も明けて、三日目の朝のことでした。

その日は丁度日曜日だったのですが、明智夫人と小林少年が、淋しい朝食を終ったところへ、玄関へ鉄砲玉のように、飛び込んで来た少年がありました。

「ごめん下さい。小林君いますか。僕羽柴です」

すき通った子供の叫声に、驚いて出てみますと、オオ、そこには久し振の羽柴壮二少年が、可愛《かわい》らしい顔を真赤に上気させて、息を切らして立っていました。よっぽど大急ぎで走って来たものとみえます。

読者諸君はよもやお忘れではありますまい。この少年こそ、いつか自宅の庭園に罠《わな》を仕掛けて、二十面相を手ひどい目に会わせた、あの大実業家羽柴壮太郎氏の息子さんです。

「オヤ、壮二くんですか。よく来ましたね。サア、お上りなさい」

小林君は自分より二つばかり年下の壮二君を、弟かなんぞのように労って、応接室へ導きました。

「で、なんか急な用事でもあるんですか」

たずねますと、壮二少年は、大人のような口調で、こんなことをいうのでした。

「明智先生大へんでしたね。まだ行方が分からないのでしょう。それについてね、僕少し相談があるんです。

あのね、いつかの事件の時から、僕、君を崇拝しちゃったんです。そしてね、僕も君のようになりたいと思ったんです。それから、君の働きのことを学校でみんなに話したら、僕と同じ考えのものが十人も集っちゃったんです。

それで、みんなで、少年探偵団っていう会を作っているんです。無論学校のおさらいやなんかの邪魔にならないようにですよ。僕のお父さんも、学校さえ怠《なま》けなければ、まあいいって許して下すったんです。

今日は日曜でしょう。だもんだから、僕みんなを連れて、君ん家《ち》へお見舞いに来たんです。そしてね、みんなはね、君の指図を受けて、僕達少年探偵団の力で、明智先生の行方を探そうじゃないかっていってるんです」

一息にそれだけいってしまうと、壮二君は、可愛い目で、小林少年を睨《にら》みつけるようにして、返事を待つのでした。

「ありがとう」

小林君はなんだか涙が出そうになるのを、やっと我慢して、ギュッと壮二君の手を握りました。

「君達のことを明智先生がお聞きになったら、どんなにお喜びになるか知れないですよ。エエ、君達の探偵団で僕をたすけて下さい。みんなで何か手掛を探し出しましょう。けれどね、君達は僕とは違うんだから、危険なことはやらせませんよ。もしものことがあると、みんなのお父さんやお母さんに申訳ないですからね。

しかし、僕が今考えているのは、ちっとも危険のない探偵方法です。君、「聞込《ききこみ》」っての知ってますか。いろんな人の話を、聞いて廻って、どんな小さなこともものがさないで、うまく手掛をつかむ探偵方法なんです。

なまじっか大人なんかより、子供の方がすばしっこいし、相手が油断するから、きっとうまく行くと思いますよ。

それにはね、一昨日の晩先生を連れ出した女の人相や服装、それから自動車の行った方角も分かっているんだから、その方角に向かって、僕らが今の聞込をやればいいんですよ。

店の小僧さんでもいいし、御用聞でもいいし、郵便配達さんだとか、その辺に遊んでいる子供なんかつかまえて、あきずに聞いて廻るんですよ。

ここでは方角が分かっていても、先になるほど道が分かれていて、見当をつけるのが大へんだけれど、人数が多いから、大丈夫だ。道が分かれる度に、一人ずつその方へ行けばいいんです。

そうして、今日一日聞込をやれば、ひょっとしたらなにか手掛がつかめるかも知れないですよ」

「エエ、そうしましょう。そんなことわけないや。じゃ、探偵団のみんなを門の中へ呼んでもいいですか」

「エエ、どうぞ、僕も一緒に外へ出ましょう」

そして、二人は明智夫人の許しを得た上、ポーチのところへ出たのですが、壮二君はいきなり門の外へ駈け出して行ったかと思うと、間もなく、十人の探偵団員を引きつれて、門内へ引返して来ました。

見ると、みんなお揃の制服を着た、小学校上級生の、健康で快活な少年達でした。

小林君は、壮二君の紹介で、ポーチの上から、みんなに挨拶《あいさつ》しました。そして、明智探偵捜査の手段について、こまごまと指図を与えました。

無論一同大賛成です。

「小林団長バンザーイ」

もうすっかり団長に祭り上げてしまって、嬉しさのあまり、そんなことを叫ぶ少年さえありました。

「じゃ、これから出発しましょう」

そして、一同は少年団のように、足なみ揃えて、明智邸の門外へ消えて行くのでした。

午後四時

少年探偵団のけなげな捜索は、日曜、月曜、火曜、水曜と、学校の余暇を利用して、忍耐強くつづけられましたが、いつまでたっても、これという手掛はつかめませんでした。

しかし、東京中の何千人という大人のお巡さん達にさえ、どうすることも出来ない程の難事件です。手掛が得られなかったといって、決して少年捜索隊の無能のせいではありません。それに、これらの勇ましい少年達は、後日又どのような手柄を立てないものでもないのです。

明智探偵行方不明のまま、恐しい十二月十日は、一日一日と迫って来ました。警視庁の人達はもういてもたってもいられない気持です。なにしろ盗難を予告された品物が、国家の宝物というのですから、捜査課長や、直接二十面相の事件に関係している中村係長などは、心配の為《ため》に痩《や》せ細る思でした。

ところが、問題の日の二日前、十二月八日には、又々世間の騒を大きくするような出来事が起ったのです。というのは、その日の東京毎日新聞の社会面に、二十面相からの投書が麗麗しく掲載されたことでした。

東京毎日新聞は別に賊の機関新聞というわけではありませんが、この騒の中心になっている二十面相その人からの投書とあっては、問題にしないわけには行きません。直ちに編輯会議《へんしゅうかいぎ》まで開いて、結局その全文をのせることにしたのです。

それは長い文章でしたが、意味をかいつまんで記しますと、

「私は兼ねて博物館襲撃の日を十二月十日と予告しておいたが、もっと正確に約束する方が、一層男らしいと感じたので、ここに東京市民諸君の前に、その時間を通

告する。

それは『十二月十日午後四時』である。

博物館長も警視総監も、出来る限りの警戒をして頂きたい。警戒が厳重であればあるほど、私の冒険はその輝きを増すであろう」

アア、なんたることでしょう。日附《ひづけ》を予告するだけでも、驚くべき大胆さですのに、その上時間までハッキリと公表してしまったのです。そして、博物館長や警視総監に失礼千万な注意まで与えているのです。

これを読んだ市民の驚きは申すまでもありません。今までは、そんな馬鹿馬鹿しいことがと、あざ笑っていた人々も、もう笑えなくなりました。

当時の博物館長は、史学界の大先輩、北小路《きたこうじ》文学博士でしたが、その偉い老学者さえも、賊の予告を本気にしないではいられなくなって、わざわざ警視庁に出向き、警戒方法について、警視総監と色々打合せをしました。

いや、そればかりではありません。二十面相のことは、国務大臣方の閣議の話題にさえ上りました。中にも内務大臣や司法大臣などは、心配のあまり、警視総監を別室に招いて、激励の言葉を与えたほどです。

そして、全市民の不安のうちに、空しく日がたって、とうとう十二月十日となりました。

帝国博物館では、その日は早朝から、館長の北小路老博士を始めとして、三人の係長、十人の書記、十五人の守衛や小使《こづかい》が、一人残らず出勤して、それぞれ警戒の部署につきました。

無論当日は表門を閉じて、観覧禁止です。

警視庁からは、中村捜査係長の率いる選《え》りすぐった警官隊五十名が出張して、博物館の表門、裏門、塀のまわり、館内の要所要所にがんばって、蟻《あり》の這《は》い入る隙《すき》もない、大警戒陣です。

午後三時半、あますところ僅《わず》かに三十分、警戒陣は物々しく殺気立って来ました。そこへ、警視庁の大型自動車が到着して、警視総監が刑事部長を従えて現れました。総監は心配のあまり、もうじっとしていられなくなったのです。総監自身の目で、博物館を見守っていなければ、我慢が出来なくなったのです。

総監たちは一同の警戒ぶりを視察した上、館長室に通って、北小路博士に面会しました。

「わざわざあなたがお出掛け下さるとは思いませんでした。恐縮です」

老博士が挨拶しますと、総監は少しきまり悪そうに笑って見せました。

「イヤ、お恥ずかしいことですが、じっとしていられませんでね。たかが一盗賊の為に、これほどの騒をしなければならんとは、実に恥辱です。わしは警視庁に入って以来、こんなひどい恥辱を受けたことは始めてです」

「アハハ……」老博士は力なく笑って、「わたしも御同様です。あの青二才の盗賊の為に、一週間というもの、不眠症に罹《かか》っておるのですからな」

「しかし、もうあますところ二十分ほどですよ。エ、北小路さん、まさか二十分の間に、この厳重な警戒を破って、沢山の美術品を盗み出すなんて、いくら魔法使でも、少しむずかしい芸当じゃありますまいか」

「分かりません。わしには魔法使のことは分かりません。ただ一刻も早く四時が過ぎ去ってくれればよいと思うばかりです」

老博士は怒ったような口調でいいました。あまりのことに、二十面相の話をするのも腹立たしいのでしょう。

室内の三人は、それきり黙り込んで、ただ壁の時計と睨めっこをするばかりでした。

金モールいかめしい制服に包まれた、角力《すもう》とりのように立派な体格の警視総監、中肉中背で、八字髭の美しい刑事部長、背広姿で、鶴《つる》のように痩せた白髪白髯《はくぜん》の北小路博士、その三人が、それぞれ安楽椅子に腰かけて、チラチラと時計の針を眺めている様子は、物々しいというよりは、何かしら奇妙な、場所にそぐわぬ光景でした。

そうして十数分が経過した時、沈黙に堪えかねた刑事部長が、突然口を切りました。

「アア、明智君は一体どうしているんでしょうね。私はあの男とは懇意にしていたんですが、どうも不思議ですよ。今までの経験から考えても、こんな失策をやる男ではないのですがね」

その言葉に、総監は太った身体を捻《ね》じ曲げるようにして、部下の顔を見ました。

「君達は、明智明智と、まるであの男を崇拝でもしているようなことをいうが、僕は不賛成だね。いくら偉いといっても、たかが一民間探偵じゃないか。どれほどのことが出来るものか。一人の力で二十面相を捉《とら》えてみせるなどといっていたそうだが、広言《こうげん》が過ぎるよ。今度の失敗はあの男にはよい薬じゃろう」

「ですが、明智君のこれまでの功績を考えますと、一概にそうもいいきれないのです。今も外で中村君と話したことですが、こんな際、あの男がいてくれたらと思いますよ」

刑事部長の言葉が終るか終らぬ時でした。館長室のドアが静かに開かれて、一人の人物が現れました。

「明智はここにおります」

その人物が、ニコニコ笑いながら、よく通る声でいったのです。

「オオ、明智君！」

刑事部長が椅子から飛び上って叫びました。

それは、恰好のよい黒の背広をピッタリと身につけ、頭の毛をモジャモジャにした、いつに変らぬ明智小五郎その人でした。

「明智君、君はどうして……」

「それはあとでお話しします。今はもっと大切なことがあるのです」

「無論、美術品の盗難は防がなくてはならんが……」

「イヤ、それはもうおそいのです。ごらんなさい。約束の時間は過ぎました」

明智の言葉に、館長も、総監も、刑事部長も、一斉に壁の電気時計を見上げました。いかにも、長針はもう十二時のところをすぎているのです。

「オヤオヤ、すると二十面相は、嘘《うそ》をついたわけかな。館内には別に異状もないようだが……」

「アア、そうです。約束の四時は過ぎたのです。あいつ、やっぱり手出しが出来なかったのです」

刑事部長が凱歌《がいか》を上げるように叫びました。

「イヤ、賊は約束を守りました。この博物館はもう空っぽも同様です」

明智が重々しい口調でいいました。

名探偵の狼藉《ろうぜき》

「エ、エ、君は何をいっているんだ。何も盗まれてなんかいやしないじゃないか。僕はつい今しがた、この目で陳列室をずっと見廻って来たばかりなんだぜ。それに、博物館のまわりには、五十人の警官が配置してあるんだ。僕のところの巡査達は盲人じゃないんだからね」

警視総監は明智を睨みつけて、腹立たしげに呶鳴《どな》りました。

「ところが、すっかり盗み出されているのです。二十面相は例によって魔法を使いました。なんでしたら御一緒に調べてみようではありませんか」

明智は静かに答えました。

「フーン、君は確かに盗まれたというんだね。よし、それじゃみんなで調べてみよう。館長、この男のいうのが本当かどうか、とも角陳列室へ行ってみようじゃありませんか」

まさか明智が嘘をいっているとも思えませんので、総監も一度調べて見る気になったのです。

「それがいいでしょう。サア、北小路先生、御一緒に参りましょう」

明智は白髪白髯の老館長にニッコリほほえみかけながら、促しました。

そこで、四人は連立って館長室を出ると、廊下づたいに本館の陳列場の方へ入って行きましたが、明智は北小路館長の老体をいたわるようにその手を取って、先頭に立つのでした。

「明智君、君は夢でも見たんじゃないか。どこにも異状はないじゃないか」

陳列場に入るや否《いな》や、刑事部長が叫びました。

いかにも部長のいう通り、ガラス張の陳列棚の中には、国宝の仏像がズラッと並んでいて、別に無くなった品もない様子です。

「これですか」

明智はその仏像の陳列棚を指さして、意味ありげに部長の顔を見返しながら、そこに立っていた守衛に声をかけました。

「このガラス戸を開いてくれ給《たま》え」

守衛は明智小五郎を見知りませんでしたけれど、館長や警視総監と一緒だものですから、命令に応じて、すぐさま持っていた鍵《かぎ》で、大きなガラス戸を、ガラガラと開きました。

すると、その次の瞬間、実に異様なことが起ったのです。

アア、明智探偵は気でも違ったのでしょうか。彼は広い陳列棚の中へ入って行ったかと思うと、中でも一番大きい、木彫の古代仏像に近づき、いきなりその恰好のよい腕を、ポキンと折ってしまったではありませんか。

しかもその素早いこと。三人の人達が、あっけにとられ、とめるのも忘れて、目をみはっている間に、同じ陳列棚の、どれもこれも国宝ばかりの五つの仏像を、次から次へと、忽ちの内に、片っぱしから取返しのつかぬ傷物にしてしまいました。

あるものは腕を折られ、あるものは首をもぎ取られ、あるものは指を引きちぎられて、見るも無残な有様です。

「明智君、なにをする。オイ、いけない。よさんか」

総監と刑事部長とが、声を揃えて呶鳴りつけるのを聞流して、明智はサッと陳列棚を飛出すと、又最前のように老館長の側《そば》へより、その手を握って、ニコニコと笑っているのです。

「オイ、明智君、一体どうしたというんだ。乱暴にも程があるじゃないか。これは博物館の中でも一番貴重な国宝ばかりなんだぞ」

真赤になっておこった刑事部長は、両手をふり上げて、今にも明智に摑《つか》みかからんばかりの有様です。

「ハハハ……、これが国宝だって？　あなたの目はどこについているんです。よく見て下さい。今僕が折り取った仏像の傷口を、よく調べて下さい」

明智の確信に満ちた口調に、刑事部長は、ハッとしたように、仏像に近づいて、その傷口を眺めました。

すると、どうでしょう。首をもがれ、手を折られたあとの傷口からは、外見の黒ずんだ古めかしい色合とは似てもつかない、まだ生々しい白い木口が覗《のぞ》いていたではありませんか。奈良時代の彫刻に、こんな新しい材料が使われている筈《まず》はありません。

「すると、君は、この仏像が贋物《にせもの》だというのか」

「そうですとも、あなた方にもう少し美術眼がありさえすれば、こんな傷を拵《こしら》えて見るまでもなく、一目で贋物と分かった筈です。新しい木で模造品を作って、外から塗料を塗って古い仏像のように見せかけたのですよ。模造品専門の職人の手にかけさえすれば、訳なく出来るのです」

明智はこともなげに説明しました。

「北小路さん、これは一体どうしたことでしょう。帝国博物館の陳列品が、真赤な偽物《ぎぶつ》だなんて……」

警視総監が老館長を詰《なじ》るようにいいました。

「あきれました。あきれたことです」

明智に手を取られて、茫然《ぼうぜん》と佇《たたず》んでいた老博士が、狼狽《ろうばい》しながら、てれ隠しのように答えました。

そこへ、騒を聞きつけて、三人の館員があわただしく入って来ました。その中の一人は、古代美術鑑定の専門家で、その方面の係長を勤めている人でしたが、毀《こわ》れた仏像を一目見ると、さすがに忽ち気づいて叫びました。

「アッ、これはみんな模造品だ。しかし、変ですね。昨日までは確かに本物がここに置いてあったのですよ。私は昨日の午後、この陳列棚の中へ入ったのですから、間違いありません」

「すると、昨日まで本物だったのが、今日突然贋物に変ったというのだね。変だな。一体これはどうしたというのだ」

総監が狐《きつね》につままれたような表情で、一同を見廻しました。

「まだお分かりになりませんか。つまり、この博物館の中は、すっかり空っぽになってしまったということですよ」

明智はこういいながら、向側の別の陳列棚を指さしました。

「な、なんだって？　すると、君は……」

刑事部長が思わず頓狂《とんきょう》な声を立てました。

最前の館員は、明智の言葉の意味を悟ったのか、ツカツカとその棚の前に近づいて、ガラスに顔をくッつけるようにして、中に掛け並べた黒ずんだ仏画を凝視しました。そして、忽ち叫び出すのでした。

「アッ、これも、これも、あれも、館長、館長、この中の絵は、みんな贋物です。一つ残らず贋物です」

「外の棚を調べてくれ給え。早く、早く」

刑事部長の言葉を待つまでもなく、三人の館員は、口々に何かわめきながら、気違のように陳列棚から陳列棚へと、覗き廻りました。

「贋物です。目ぼしい美術品は、どれもこれも、すっかり模造品です」

それから、彼等は転がるように、階下の陳列場へ降りて行きましたが、暫《しばら》くして、元の二階へ戻って来た時には、館員の人数は、十人以上に増えていました。そして、誰も彼も、もう真赤になって憤慨しているのです。

「下も同じことです。残っているのはつまらないものばかりです。貴重品という貴重品は、すっかり贋物です。……しかし、館長、今もみんなと話したのですが、実に不思議という外はありません。昨日までは確かに、模造品なんて一つもなかったのです。それぞれ受持のものが、その点は自信を以《もっ》て断言しています。それが、たった一日の内に、大小百何点という美術品が、まるで魔法のように、贋物に変ってしまったのです」

館員は口惜《くや》しさに地だんだを踏むようにして叫びました。

「明智君、我々は又しても奴《やつ》の為に、まんまとやられたらしいね」

総監が沈痛な面持で名探偵を顧《かえり》みました。

「そうです。博物館は二十面相の為に盗奪されたのです。それは、最初に申し上げた通りです」

大勢の中で、明智だけは、少しも取乱したところもなく、口許《くちもと》に微笑さえ浮かべているのでした。そして、あまりの打撃に、立っている力もないかと見える老館長を、励ますように、しっかりその手を握っていました。

種明し

「ですが、私共には、どうも訳が分からないのです。あれだけの美術品を、たった一日の間に、贋物とすり替えるなんて、人間業に出来ることではありません。マア贋物の方は、前々から、美術学生かなんかに化けて観覧に来て、絵図を書いて行けば、模造出来ないことはありませんけれど、それをどうして入れ替えたかが問題です。全く訳が分かりません」

館員はまるでむずかしい数学の問題にでもぶッつかったように、しきりに小首を傾けています。

「昨日の夕方までは、確かにみんな本物だったのだね」

総監がたずねますと、館員達は確信に満ちた様子で、

「それはもう、決して間違いございません」

と口を揃えて答えるのです。

「すると、恐らく昨夜の夜中あたりに、どうかして二十面相一味のものが、ここへ忍び込んだのかも知れんね」

「イヤ、そんなことは出来る筈がございません。表門も裏門も塀のまわりも、大勢のお巡さんが、徹夜で見張っていて下すったのです。館内にも、昨夜は館長さんと三人の宿直員が、ずっと詰めきっていたのです。その厳重な見張の中をくぐって、あの夥《おびただ》しい美術品を、どうして持ち込んだり、運び出したり出来るものですか。全く人間業では出来ないことです」

館員はあくまでいい張りました。

「分からん。実に不思議だ。……しかし、二十面相の奴、広言した程男らしくもなかったですね。予《あらかじ》め贋物と置き替えて置いて、サアこの通り盗みましたというのじゃ、十日の午後四時なんて予告は、全く無意味ですからね」

刑事部長は口惜しまぎれに、そんなことでもいってみないではいられませんでした。

「ところが、決して無意味ではなかったのです」

明智小五郎が、まるで二十面相を弁護でもするようにいいました。彼は老館長北小路博士と、さも仲よしのように、ずっと最前から手を握り合ったままなのです。

「ホウ、無意味でなかったって？　それは一体どういうことなんだね」

警視総監が、不思議そうに名探偵の顔を見て、たずねました。

「あれをごらん下さい」

すると明智は窓に近づいて、博物館の裏手の空地を指さしました。

「賊が十二月十日頃まで、待たなければならなかった秘密というのは、あれなのです」

その空地には、博物館創立当時からの、古い日本建の館員宿直室が建っていたのですが、それが不用になって、数日前から、家屋の取毀《とりこわ》しを始め、もう殆《ほとん》ど取毀しも終って、古材木や、屋根瓦《がわら》などがあっちこっちに積み上げてあるのです。

「古家を取毀したんだね。しかし、あれと二十面相の事件と、一体何の関係があるんです」

刑事部長はビックリしたように、明智を見ました。

「どんな関係があるか、じき分かりますよ。……どなたか、お手数ですが、下にいる中村警部に、今日昼頃裏門の番をしていた警官をつれて、いそいでここへ来てくれるように、お伝え下さいませんか」

明智の指図に、館員の一人が、何か訳が分からぬながら、大急ぎで階下へ降りて行きましたが、間もなく中村捜査係長と一人の警官を伴なって帰って来ました。

「君が、昼頃裏門のところにいた方ですか」

明智が早速たずねますと、警官は総監の前だものですから、ひどく改って、直立不動の姿勢で、そうですと答えました。

「では、今日正午から一時頃までの間に、トラックが一台、裏門を出て行くのを見たでしょう」

「ハア、おたずねになっているのは、あの取毀し家屋の古材木を積んだトラックのことではありませんか」

「そうです」

「それならば確かに通りました」

警官は、あの古材木がどうしたんですといわぬばかりの顔附です。

「皆さんお分かりになりましたか。これが賊の魔法の種です。うわべは古材木ばかりのように見えていて、その実、あのトラックには、盗難の美術品が全部積込んであったのですよ」

明智は一同を見廻して、驚くべき種明しをしました。

「すると、取毀しの人夫の中に賊の手下が混っていたというのですか」

中村係長は目をパチパチさせて聞返しました。

「そうです。混っていたのではなくて、人夫の全部が賊の部下だったかも知れません。二十面相は早くから万端の準備をととのえて、この絶好の機会を待っていたのです。家屋の取毀しは確か十二月五日から始ったのでしたね。その着手期日は三月も四月も前から、関係者には分かっていた筈です。そうすれば、十日頃は丁度古材木運び出しの日に当るじゃありませんか。予告の十二月十日という日附は、こういうところから割出されたのです。又午後四時というのは、本物の美術品がちゃんと賊の巣窟《そうくつ》に運ばれてしまって、もう贋物がわかっても差支えないという時間を意味したのです」

アア、何という用意周到な計画だったでしょう。二十面相の魔術には、いつの時も、一般の人の思いも及ばない仕掛が、ちゃんと用意してあるんです。

「しかし明智君、たとえそんな方法で運び出すことは出来たとしても、まだ賊がどうして陳列室へ入ったか、いつの間に本物と贋物と置き替えたかという謎《なぞ》は、解けませんね」

刑事部長が明智の言葉を信じ兼ねるようにいうのです。

「置き替えは昨日の夜更《よふけ》に行われました」

明智は何もかも知り抜いているような口調で語りつづけます。

「賊の部下が化けた人夫達は、毎日ここへ仕事に来る時に、贋物の美術品を少しずつ運び入れました。絵は細く巻いて、仏像は分解して手、足、首、胴と別々に莚包《むしろづつみ》にして、大工道具と一緒に持込めば、疑われる気遣ありません。皆盗み出されることばかり警戒しているのですから、持込むものに注意なんかしませんからね。そして、贋造品は全部、古材木の山に蔽《おお》い隠されて、昨夜の夜更を待っていたのです」

「だが、それを誰が陳列室へ置き替えたのです。人夫達は皆夕方帰ってしまうじゃありませんか。たとえその内の何人かが、コッソリ構内に残っていたとしても、どうして陳列室へ入ることが出来ます。夜はすっかり出入口が閉されてしまうのです。館内には館長さんや三人の宿直員が、一睡もしないで見張っていました。その人達に知れぬように、あのたくさんの品物を置き替えるなんて、全く不可能じゃありませんか」

館員の一人が実にもっともな質問をしました。

「それには又、実に大胆不敵な手段が用意してあったのです。昨夜の三人の宿直員というのは、今朝それぞれ自宅へ帰ったのでしょう。一つその三人の自宅へ電話をかけて、主人が帰ったかどうか確かめてみて下さい」

明智が又しても妙なことをいい出しました。三人の宿直員は誰も電話を持っていませんでしたが、それぞれ附近の商家に呼出し電話が通じますので、館員の一人が早速電話をかけてみますと、三人が三人とも、昨夜以来まだ自宅へ帰っていないことが分かりました。宿直員達の家庭では、こんな事件の際ですから今日も留め置かれているのだろうと安心していたというのです。

「三人が博物館を出てからもう八九時間もたつのに、揃いも揃ってまだ帰宅していないというのは、少しおかしいじゃありませんか。昨夜徹夜をした疲れた身体《からだ》で、まさか遊び廻っている訳ではありますまい。なぜ三人が帰らなかったのか、この意味がお分かりですか」

明智は又一同の顔をグルッと見廻しておいて、言葉をつづけました。

「外でもありません。三人は二十面相一味の為に誘拐されたからです」

「エ、誘拐された？　それはいつの事です」

館員が叫びました。

「昨日の夕方、三人がそれぞれ夜勤をつとめる為に、自宅を出たところをです」

「エ、エ、昨日の夕方ですって？　じゃ昨夜ここにいた三人は……」

「二十面相の部下でした。本当の宿直員は賊の巣窟へ押しこめておいて、その代りに賊の部下が博物館の宿直を勤めたのです。なんて訳のない話でしょう。賊が見張番を勤めたんですから、贋物の美術品の置替えなんて、実に造作もないことだったのです。皆さん、これが二十面相のやり口ですよ。人間業では出来そうもないことを、ちょっとした頭の働きで易々《やすやす》とやってのけるのです」

明智探偵は、二十面相の頭のよさを褒め上げるようにいって、ずっと手をつないでいた館長北小路老博士の手首を痛いほど、ギュッと握りしめました。

「ウーン、あれが賊の手下だったのか。迂闊《うかつ》じゃった。わしが迂闊じゃった」

老博士は白髯を震わせて、さも口惜しそうにうめきました。両眼が吊《つ》り上って、顔が真青になって、見るも恐しい憤怒《ふんぬ》の形相です。

しかし、老博士は三人の贋者をどうして看破《みやぶ》ることが出来なかったのでしょう。二十面相なら知らぬこと、手下の三人が、館長にも分からない程上手に変装していたなんて、考えられないことです。北小路博士ともあろう人が、そんなに易々とだまされるなんて、少しおかしくはないでしょうか。

怪盗捕縛

「だが、明智君」


警視総監は、説明が終るのを待ちかまえていたように、明智探偵に訊《たず》ねました。

「君はまるで、君自身が二十面相ででもあるように、美術品盗奪の順序を詳しく説明されたが、それはみんな君の想像なのかね。それとも、何か確かな根拠でもあるのかね」

「勿論《もちろん》、想像ではありません。僕はこの耳で、二十面相の部下から、一切の秘密を聞き知ったのです。今聞いて来たばかりなのです」

「エ、エ、なんだって？　君は二十面相の部下に会ったのか。一体どこで？　どうして？」

流石《さすが》の警視総監も、この不意打には、度肝を抜かれてしまいました。

「二十面相の隠家で会いました。総監閣下、あなたは僕が二十面相の為に誘拐されたことを御存じでしょう。僕の家庭でも世間でもそう考え、新聞もそう書いておりました。しかし、あれは実を申しますと、僕の計略に過ぎなかったのです。僕は誘拐なんかされませんでした。かえって賊の味方になって、ある人物の誘拐を手伝ってやったほどです。

昨年のことですが、僕はある日一人の不思議な弟子入志願者の訪問を受けました。僕はその男を見て、非常に驚きました。目の前に大きな鏡が立ったのではないかと怪しんだほどです。なぜと申しますと、その弟子入志願者は、背恰好《せかっこう》から、顔附から、頭の毛の縮れ方まで、この僕と寸分違わないくらいよく似ていたからです。つまり、その男は僕の影武者として、何かの場合の僕の替玉として、雇ってほしいというのです。

僕は誰にも知らせず、その男を雇い入れて、ある所へ住まわせて置きましたが、それが今度役に立ったのです。

僕はあの日外出して、その男の隠家へ行き、すっかり服装を取替えて、僕になりすましたその男を、先に僕の事務所へ帰らせ、暫くしてから、僕自身は浮浪人赤井寅三というものに化けて、明智事務所を訪ね、ポーチのところで、自分の替玉とちょっと格闘をして見せたのです。

賊の部下がその様子を見て、すっかり僕を信用しました。そして、それ程明智に恨《うらみ》があるなら、二十面相の部下になれと勧めてくれたのです。そういうわけで、僕は僕の替玉を誘拐するお手伝をした上、とうとう賊の巣窟に入ることが出来ました。

しかし、二十面相の奴はなかなか油断がなくて、仲間入をしたその日から、僕を家の中の仕事ばかりに使い、一歩も外へ出してくれませんでした。無論、博物館の美術品を盗み出す手段など、僕には少しも打開けてくれなかったのです。

そして、とうとう今日になってしまいました。僕はある決心をして、午後になるのを待構えていました。すると、午後二時頃、賊の隠家の地下室の入口が開いて、人夫の服装をした沢山の部下のものが、手に手に貴重な美術品を抱えて、ドカドカと降りて来ました。無論博物館の盗難品です。

僕は地下室に留守番をしている間に、酒肴《しゅこう》の用意をして置きました。そして帰って来た部下と、僕と一緒に残っていた部下と、全部のものに祝盃《しゅくはい》を勧めました。そこで部下達は、大事業の成功した嬉《うれ》しさに、夢中になって酒盛を始めたのですが、やがて、三十分程もしますと、一人倒れ、二人倒れ、遂《つい》には残らず、気を失って倒れてしまいました。

なぜかとおっしゃるのですか。分かっているではありませんか。僕は賊の薬品室から麻酔剤を取出して、予めその酒の中へ混ぜて置いたのです。

それから、僕は一人そこを抜け出して、附近の警察署へ駈けつけ、事情を話して、二十面相の部下の逮捕と、地下室に隠してある全部の盗難品の保管をお願いしました。

お喜び下さい。盗難品は完全に取戻すことが出来ました。帝国博物館の美術品も、あの気の毒な日下部老人の美術城の宝物も、その外、二十面相が今までに盗み溜《た》めたすべての品物は、すっかり元の所有者の手に帰ります」

明智の長い説明を、人々は酔ったように聞き惚《ほ》れていました。アア、名探偵はその名にそむきませんでした。彼は人々の前に広言した通り、たった一人の力で、賊の巣窟をつきとめ、すべての盗難品を取返し、数多《あまた》の悪人を捉えたのです。

「明智君、よくやった。よくやった。わしはこれまで、少し君を見誤っていたようだ。わしから厚くお礼を申します」

警視総監はいきなり名探偵の傍へ寄って、その左手を握りました。

なぜ左手を握ったのでしょう。それは明智の右手が塞《ふさ》がっていたからです。その右手は、いまだに、老博物館長の手と、しっかり握り合わされていたからです。妙ですね。明智はどうしてそんなに、老博士の手ばかり握っているのでしょう。

「で、二十面相の奴も、その麻酔薬を飲んだのかね。君は最前から、部下のことばかりいって、一度も二十面相の名を出さなかったが、まさか首領を取逃がしたのではあるまいね」

中村捜査係長が、ふとそれに気づいて、心配らしくたずねました。

「イヤ、二十面相は地下室へは帰って来なかったよ。しかし、僕はあいつもちゃんと捉えている」

明智はニコニコと、例の人を引きつける笑顔で答えました。

「どこにいるんだ。一体どこで捉えたんだ」

中村警部が性急にたずねました。外の人達も、総監を始め、じっと名探偵の顔を見つめて、返事を待ち構えています。

「ここで捕えたのさ」

明智は落ちつき払って答えました。

「ここで？　じゃあ、今はどこにいるんだ」

「ここにいるよ」

アア、明智は何をいおうとしているのでしょう。

「僕は二十面相のことをいっているんだぜ」

警部がけげん顔で聞返しました。

「僕も二十面相のことをいっているのさ」

明智が鸚鵡《おうむ》返しに答えました。

「謎みたいないい方はよし給え。ここには我々が知っている人ばかりじゃないか。それとも君は、この部屋の中に、二十面相が隠れているとでもいうのかね」

「マア、そうだよ。一つその証拠をお目にかけようか。……どなたか、度々御面倒ですが、下の応接間に四人のお客様が待たせてあるんですが、その人達をここへ呼んで下さいませんか」

明智は又々意外なことをいい出すのです。

館員の一人が急いで下へ降りて行きました。そして、待つ程もなく、階段に大勢の足音がして、四人のお客様という人々が、一同の前に立現れました。

それを見ますと、一座の人達は、あまりの驚きに、「アッ」と叫声を立てないではいられませんでした。

まず四人の先頭に立つ白髪白髯の老紳士をごらんなさい。それはまぎれもない北小路文学博士だったではありませんか。

つづく三人は、いずれも博物館員で、昨夜宿直を勤め、今朝から行方不明になっていた人々です。

「この方々は、僕が二十面相の隠家から救い出して来たのですよ」

明智が説明しました。

しかし、これはマアどうしたというのでしょう。博物館長の北小路博士が二人になったではありませんか。一人は今階下から上って来た北小路博士、もう一人は最前からズッと明智に手を取られていた北小路博士。

服装から顔形まで寸分違わない、二人の老博士が、顔と顔を見合わせて、睨み合いました。

「皆さん、二十面相がどんなに変装の名人かということが、お分かりになりましたか」

明智探偵は叫ぶや否や、今まで親切らしく握っていた老人の手を、いきなりうしろに捻上《ねじあ》げて、床の上に組伏せたかと思うと、白髪の鬘《かつら》と、白いつけ髭《ひげ》とを、なんなくむしり取ってしまいました。その下から現れたのは、黒々とした髪の毛と、若々しい滑らかな顔でした。いうまでもなく、これこそ正真正銘の二十面相その人でありました。

「ハハハ……、二十面相君、ご苦労さまだったねえ。最前から君は随分苦しかっただろう。目の前で君の秘密が見る見る曝露《ばくろ》して行くのを、じっと我慢して、何食わぬ顔で聴いていなければならなかったのだからね。逃げようにも、この大勢の前では逃出すわけにもゆかない。イヤ、それよりも、僕の手が、手錠の代りに、君の手首を握りつづけていたんだからね。手首が痺《しび》れやしなかったかい。マア勘弁し給え、僕は少し君をいじめ過ぎたかも知れないね」

明智は、無言のままうなだれている二十面相を、さも憐《あわれ》むように見下しながら、皮肉な慰めの言葉をかけました。

それにしても、館長に化けた二十面相は、なぜもっと早く逃げ出さなかったのでしょう。昨夜の内に目的は果してしまったのですから、三人の替玉の館員と一緒に、サッサと引上げてしまえば、こんな恥ずかしい目に会わなくてもすんだのでしょうに。

しかし、読者諸君、そこが二十面相なのです。逃げ出しもしないで、図々《ずうずう》しく居残っていたところが、如何《いか》にも二十面相らしいやり口なのです。彼は警察の人達が贋物の美術品にビックリするところが見物したかったのです。

若《も》し明智が現れるようなことが起らなかったら、館長自身が丁度午後四時に盗難に気づいた風を装《よそお》って、みんなをアッといわせる目論見《もくろみ》だったに違いありません。如何にも二十面相らしい冒険ではありませんか。でも、その冒険が過ぎて、遂にとり返しのつかない失策を演じてしまったのでした。

さて明智探偵は、キッと警視総監の方に向き直って、

「閣下、では怪盗二十面相をお引渡しいたします」

と、しかつめらしくいって、一礼しました。

一同あまりに意外な場面に、ただもうあっけに取られて、名探偵のすばらしい手柄を褒《ほ》めたたえることも忘れて、身動きもせず立ちすくんでいましたが、やがて、ハッと気を取直した中村捜査係長は、ツカツカと二十面相の側へ進みより、用意の捕縄を取出したかとみますと、見事な手際《てぎわ》で、たちまち賊を後手に縛《いまし》めてしまいました。

「明智君、有難う。君のお陰で、僕は恨み重なる二十面相に、今度こそ本当に縄をかけることが出来た。こんな嬉しいことはないよ」

中村警部の目には、感謝の涙が光っていました。

「それでは、僕はこいつを連れて行って、表にいる警官諸君を喜ばせてやりましょう。……サア二十面相、立つんだ」

警部はうなだれた怪盗を引立てて、一同に会釈《えしゃく》しますと、傍らに佇んでいた最前の巡査と共に、いそいそと階段に降りて行くのでした。

博物館の表門には、十数名の警官が群がっていましたが、今しも建物の正面入口から、

二十面相の縄尻《なわじり》を取った中村係長が現れたのを見ますと、先を争って、その側へ駈寄《かけよ》りました。

「諸君、喜んでくれ給え。明智君の尽力で、とうとうこいつを捕えたぞ。これが二十面相の首領だ」

警部が誇らしげに報告しますと、警官達の間に、ドッと鬨《とき》の声が挙《あが》りました。

二十面相はみじめでした。流石の怪盗も愈々《いよいよ》運のつきと観念したのか、いつもの図々しい笑顔を見せる力もなく、さも神妙にうなだれたまま、顔を上げる元気さえありません。

それから、一同賊を真中に行列を作って、表門を出ました。門の外は公園の森のような樹立《こだち》です。その樹立の向こうに、二台の警察自動車が見えます。

「オイ、誰かあの車を一台、ここへ呼んでくれ給え」

警部の命令に、一人の警官が、帯剣を握って駈出しました。一同の視線がそのあとを追って、遥《はる》かの自動車に注がれます。

警官達は賊の神妙な様子に安心しきっていたのです。中村係長も、つい自動車の方へ気を取られていました。

一刹那《せつな》、不思議に人々の目が賊を離れたのです。賊にとっては絶好の機会でした。

二十面相は、歯を食いしばって、満身の力をこめて、中村警部の握っていた縄尻を、パッと振り離しました。

「ウヌ、待てッ」

警部が叫んで立直った時には、賊はもう十メートル程向こうを、矢のように走っていました。後手に縛られたままの奇妙な姿が、今にも転がりそうな恰好で森の中へと飛んで行きます。

森の入口に、散歩の帰らしい十人程の、可愛《かわい》らしい小学生が、立止って、この様子を眺めていました。

二十面相は走りながら、邪魔っけな小僧共がいるわいと思いましたが、森へ逃げ込むには、そこを通らぬわけにはゆきません。

ナアニ、高の知れた子供達、俺の恐しい顔を見たら、恐をなして逃げ出すにきまっている。もし逃げなかったら、蹴散《けち》らして通るまでだ。

賊は咄嗟《とっさ》に思案して、かまわず小学生の群に向かって突進しました。

ところが、二十面相の思惑はガラリとはずれて、小学生達は、逃げ出すどころか、ワッと叫んで、賊の方へ飛びかかって来たではありませんか。

読者諸君はもうお分かりでしょう。この小学生達は、小林芳雄を団長に頂く、あの少年探偵団でありました。少年達はもう長い間、博物館のまわりを歩き廻って、何かの時の手助《てだすけ》をしようと、手ぐすね引いて待ちかまえていたのでした。

まず先頭の小林少年が、二十面相を目がけて、鉄砲玉のように飛びついて行きました。つづいて羽柴壮二少年、次は誰、次は誰と、見る見る、賊の上に折り重なって、両手の不自由な相手を、たちまちそこへ転がしてしまいました。

さすがの二十面相も、いよいよ運のつきでした。

「アア、有難う、君たちは勇敢だねえ」

駈けつけて来た中村警部が、少年達にお礼をいって、部下の警官と力を合わせ、今度こそ取逃がさぬように、賊を引っ立てて、ちょうどそこへやって来た警察自動車の方へ連れて行きました。その時、門内から、黒い背広の一人の紳士が現れました。騒を知って、駈け出して来た明智探偵です。小林少年は目早く、先生の無事な姿を見つけますと、驚喜の叫声を立てて、その側へ駈け寄りました。

「オオ、小林君」

明智探偵も、思わず少年の名を呼んで、両手を広げ、駈け出して来た小林君を、その中に抱きしめました。美しい、誇らしい光景でした。この羨《うらや》ましい程親密な先生と弟子とは、力を合わせて、遂に怪盗逮捕の目的を達したのです。そして、お互の無事を喜び、苦労をねぎらい合っているのです。

立並ぶ警官達も、この美しい光景にうたれて、にこやかに、しかし、しんみりした気持で、二人の様子を眺めていました。少年探偵団の十人の小学生は、もう我慢が出来ませんでした。誰が音頭《おんど》をとるともなく、期《き》せずしてみんなの両手が、高く空に上りました。そして、一同可愛らしい声を揃《そろ》えて、繰返し繰返し叫ぶのでした。

「明智先生バンザーイ」

「小林団長バンザーイ」

解説――二大ヒーロー、私たちの最強の味方

辻村深月

私の『凍りのくじら』という小説の中に、こんな話が出てくる。

主人公が小学生だった頃のエピソードだ。夏休みに入る前、図書室で、普段は一人二冊までしか借りられない本を五冊まで借りていいことになった。本好きの主人公はそのことを喜び、大好きなシリーズものをこの機に読破しようと、五冊選んで机に置く。すると、司書教諭がやってきて、「本の選び方を説明します」と言う。

もう本を決めたのだから自分には関係ないと、貸出カードを書いていた主人公の前で、けれど、司書教諭が足を止めた。置かれた五冊の本を手に取り、いきなりこう言った。

「悪い本の借り方を説明します。こうやって同じ種類のものだけしか借りないのは、よくない借り方です」

茫然《ぼうぜん》と目を見開く主人公の前に本を戻し、みんなに向けて「いろんな本を読みましょう」と続ける。それが終わった後で、その司書教諭が苦笑しながら主人公にこう謝る。

「ごめんね。たまたま近くにいたから。気にしないで、そのまま借りて帰ってね」

これまでたくさんの本を読んできた自負があるからこそ、今回は夏休みを機にこのシリーズものを読破しようとしたのに――と、主人公は怒りと屈辱に震える。そして思う。相手が大人だからといって正しいとは限らない。むしろ、子ども相手だからわからないだろうとこんな適当な真似《まね》をする大人のことは信じなくていい。

そして、覚えていようと決意する。

子どもだから軽んじられたけれど、自分が大人になっても、今されたことを覚えていよう、と。

こんな感性の大人が薦める本がおもしろいはずがない。私は私の目で選んだ本のことしか信じない、と。

実は、このエピソードは私の実体験だ。

そして、この時、実際に司書教諭に掲げられたシリーズものの本とは、本書に代表される江戸川乱歩の少年探偵団シリーズだった。背表紙に二十面相の絵が入った同じ装幀《そうてい》家《か》の挿絵を「同じ種類の本」と大雑把《おおざっぱ》に括《くく》られ、「よくない借り方」と言われたあの日のことを、私は、あの日の決意の通り、大人になっても忘れなかった。

我ながら嫌な奴《やつ》だと思うけど、許してほしい。そして、大人になった今はこうも思う。シリーズものがダメ、と言われたけれど、おそらく、あの先生はそれが乱歩だったからこそ、より強く「よくない」と言っても構わないと思ったのではないか。

これが「赤毛のアン」シリーズとか「ナルニア国ものがたり」シリーズとかだったら、状況は少し変わっていたのではないだろうか。

怪人、犯罪、探偵、ピストル、予告状、誘拐――。乱歩が用意したさまざまなモチーフは、学校が推奨する〝正しさ〟とか〝よさ〟の対極にあるものだ。図書室の中でも、少年探偵団シリーズが並ぶ場所は、昼間でも、そこはかとなく夜の気配がした。

その夜の気配とは、たとえば、実際には見たことがないはずの、小さな電球ひとつがあるだけの薄暗い小道だったり、自分の影が知らない人のものみたいに長く伸びた血のように赤い夕焼けだったり――、子ども心にもなぜか〝懐《なつ》かしい〟と感じてしまうような後ろ暗く、美しく背後に近づいてくる夜の、ああいう感じだ。それが学校や大人が推奨する健康的な日向《ひなた》の匂《にお》いとは異質のものなのだということは、当時小学生だった私も薄々気づいていた。

中でも、『怪人二十面相』との出会いは印象深い。二十面相を一度読んで知ってしまうと、知らなかった頃には戻れなくなる。そこには私のこれまでの価値観を凌駕《りょうが》する、悪の美学と哲学についてが書かれていた。

まだ小学生だった私がそれまで読んできた物語は勧善懲悪の物語であることが多かった。悪が滅び、善が勝つ。その前提があるから、悪とはかっこ悪いものに他ならなかった。

しかし、二十面相は違う。

この本の中には、スーパーヒーローが二人、対等に存在しているのだ。一人は、言わずと知れた名探偵の明智小五郎。そして、もう一人が悪者のはずの二十面相。二人の力は、それがお話の中のことだからといってどちらかが絶対ということがない。拮抗《きっこう》している。明智さんには明智さんの正義があるし、二十面相には二十面相の正義がある。

悪だからと言って忽《ゆるが》せにできない強い美学が、物語の中のあらゆる制約を取り払い、自由に話を行き来する。一冊の戦いの中で、明智さんが勝つこともあれば二十面相が勝つこともあって、もう本当にドキドキする。

二十面相は、悪だけど殺人はしないし、敵であっても相手の実力を認めて敬意を払い、紳士的。（そりゃ、子どもを本気で殺しかけることもあるけど……）

読みながら、私は毎度、明智さんに事件の解決を求めながらも心のどこかで矛盾した期待をしていた。二十面相、どうか逃げて。捕まらないで。

応援できるヒーローを二人も同時に持つことができる「二十面相」のシリーズは、だからこそ胸がすく。ああ、本書を最後まで読んでからこの文章を読んでいる方は、ぜひ続編の『少年探偵団』を読んでほしい。あんなに饒舌《じょうぜつ》でプライドの高い二十面相が、本書の最後であんなにも寡黙《かもく》になっているのは一体どうしてだと思います――？

怪盗ルパンに並ぶ、知らぬ者のいない大泥棒。彼のことは、乱歩の原作に巡り合う前にすでにもう別の作品でその片鱗《へんりん》に触れている、という人も多いと思う。気球に乗って去る悪役が「○○くん、また会おう」と挨拶《あいさつ》する演出にデジャブ感がある人もいるだろうし、藤子・F・不二雄先生の『パーマン』には、その名も〝千面相〟という名の悪役が登場する。CLAMP先生の名作『20面相におねがい!!』の玲《あきら》くんの素敵なマント姿に胸を鷲摑《わしづか》みにされてから本書に辿《たど》りついた、という読者もおられるだろうし、あるいは〝少年探偵団〟と聞いて、本書より先に青山剛昌先生の『名探偵コナン』を思い浮かべた人もいるかもしれない。怪盗がモチーフになったゲーム『ペルソナ5』は発売前イベントでなんと国立博物館(!)をジャックしたし、また、変装した悪役が「ふははは」と高笑いをしながら正体を明かす姿がどこか大仰でコミカルな感じがする時には、作品の枠を飛び越えて、二十面相と同じ夜の香りが漂う。

今書いたのはほんの一例だが、今回の刊行により、六七質《むなしち》さんの挿画に惹《ひ》かれるなどして、初めて、『二十面相』の原典を手にした、という人もいるかもしれない。その人たちには、ファン仲間の一人として、心の底から「いらっしゃいませ」と「おめでとうございます」を伝えたい。

『二十面相』の原典の扉が開くと、いろんなことがわかる。

これって、あのオマージュだったのか、とか、自分の好きなあの作家さんって実は乱歩の影響かなり受けてたんだ——とか。かく言う私も、小学生の頃にこの扉が開いてから、読書が何倍も楽しくなったひとり。多くの乱歩ファンの先輩たちがいろんな小説や漫画や映画、アニメ、音楽にいたるまで、様々な場所に乱歩オマージュの名作を残している。

シリーズを読み進めていくと、二十面相の登場に「あ、ひさしぶり」という親近感が湧《わ》き、読み方もだんだん斜めになってきて、「二十面相って小林くんにちょっと固執しすぎじゃない?」とか「小林くんって、明智先生好きすぎじゃ……」とか、突っ込みを入れたりするかもしれない。そういう時も、どうか自由に読んでほしい。そういう読み方をし尽くしてきた先達たちが切り開いた道もちゃんと用意されているのだ。彼らの足跡を辿れるのも現代のファンの幸せのひとつだと思う。

何かに繋《つな》がる世界の扉が開くのは、これまで読めなかった言語の設計図が読めるようになるのに似た幸せが待っていて、それがあなたの前に開かれたことを、同じくファンの一人として、「おめでとうございます」と歓迎したい。

大人が推奨しないからこそ、夢中になれる私たちの読み物。それが、江戸川乱歩の少年探偵団シリーズだ。

子どもがその世界の中で自由に遊ぶのがおもしろくないからこそ、大人はきっと「よくない」と言ったのだろうと、私は確信している。

そして、あの日、図書室で俯《うつむ》いていた自分に、今だから教えてやりたい。「間違ってなかったよ」と。

大人の一人になってしまった私の言葉に説得力などないかもしれないけれど、乱歩の二十面相を読み、愛し続けながら大人になれたことは、私の誇りだ。

本を読み、小説を書き、その後、作家という職業につくにあたって、心の片隅にはいつも、自分の好きだったものを禁じられた思い出がある。大人のイケてない価値観に縛られない、自分の選び取った読物で、私は大人になった。――禁じてもらったからこそ、心の中により強くヒーローを持てるようになったのかもしれないと、今ではあの頃の大人たちにうっすら感謝さえしている。

明智小五郎と二十面相は、私の子ども時代の、最強の味方だった。私だけではなく、多くの人にとってそうだと思うし、あなたにとっても、二人はきっといつまでも味方だ。

願わくは、あなたにもずっと、二人の味方でいてほしい。

（平成二十八年八月、作家）

【読者の皆様へ】

本書には、今日の人権意識に照らし、不適切な語句や表現が散見され、それらは、現代において明らかに使用すべき語句・表現ではありません。

しかし、著者が差別意識より使用したとは考え難い点、故人の著作者人格権を尊重すべきであることという点を踏まえ、また個々の作品の歴史的文学的価値に鑑み、新潮文庫編集部としては、原文のまま刊行させていただくことといたしました。

決して差別の助長、温存を意図するものではないことをご理解の上、お読みいただければ幸いです。

（新潮文庫編集部）

本書は、光文社文庫『江戸川乱歩全集第十巻』を底本とした。

デザイン　鈴木久美

怪《かい》人《じん》二十《にじゅう》面《めん》相《そう》

私立探偵 明智小五郎

新潮文庫　え－3－21

平成二十八年十月一日発行
令和五年十二月十日五刷

著者　江《え》戸《ど》川《がわ》乱《らん》歩《ぽ》

発行者　佐藤隆信

発行所　株式会社新潮社

郵便番号　一六二―八七一一
東京都新宿区矢来町七一
電話　編集部(〇三)三二六六―五四四〇
読者係(〇三)三二六六―五一一一
https://www.shinchosha.co.jp

価格はカバーに表示してあります。

乱丁・落丁本は、ご面倒ですが小社読者係宛ご送付ください。送料小社負担にてお取替えいたします。

印刷・錦明印刷株式会社　製本・錦明印刷株式会社
Printed in Japan

ISBN978-4-10-180078-3　C0193